이상의 도쿄행

- 본문에 실린 작품은 조선의 지식인들이 세계 도시로 떠났던 기행문을 모아 재구성하였습니다.
- 주요 도시, 지명은 영문 표기를 함께 했습니다.
- 본문의 표기는 원문을 훼손하지 않는 범위 내에서 한자와 일본어 발음, 근대어를 읽기 쉽게 해석하였습니다.
- 대화는 원문 그대로 「」로 표기하였고, 강조는 ' '로 변경하였습니다.
- 해석하기 힘든 단어는 원문 그대로 표기하였습니다.
- 성관호, 노정일 작가의 생몰 연대는 자료가 없습니다. 혹 저작관련 문제가 있다면 판권의 출판사로 연락주십시오.

이상의 도쿄행

조선 지식인들의 세계 유람기

구선아 엮음

차례

지식인의 심상으로 마주한 세계 도시

구선아

세계는 작고 큰 전쟁을 치르며 급격히 변하였다. 봉건 사회가 무너지고 시민이 등장했고, 철도라는 교통수단이 등장하여 개인의 이동이 자유로워졌다. 평생 한두 도시에서 머무르던 이전과 달리 세계의 수많은 도시를 누빌 수 있게 되었다.

한국 역시 조선 시대 후기부터 근대 문물을 접하였고 세계 여행이 등장했다. 대부분의 세계 여행은 철도와 연락선을 통했고 국가의 지원을 받아 목적 있는 떠남이 많았다. 그렇게 세계 여행을 다녀온 이들이 신문과 잡지에 글을 실었고, 사람들은 지역적 한계와 전통적 사고에서 벗어나 세계의 예술, 경제, 정치, 도시에 관심을 두게 되었다.

『이상의 도쿄행』에서 '이상'은 책에 실린 근대 소설가이자 시인 이상과 완전한 삶, 이상적인 삶을 의미하는 이상理想의 중의어다. 책은 개인의 이상과 식민지 현실에서 부딪치며 산 지식인의 세계 여행 기행문을 모았으며, 대부분 1920년대 여행한 후 신문과 잡지를 통해 발행된 글이다.

1920년대 세계는 대공황이 시작되기 전부터 불경기를 겪었고 산업 생산품 생산율이 정체되고 주택과 도로 건설도 침체되었다. 그러나 국내는 언론과 출판이 정착하지 못한 시대, 몇 개의 신문과 잡지가 눈이자 귀이자 입이었던 시대, 세계 여행은 많은 이에게 선망을 넘어 개인의 삶에 직접적으로 영향을 미쳤다.

국내외의 여행과 관광은 근대성이 확산되며 증가하였으나 식민지성과 뒤엉킨 것도 사실이다. 철도와 연락선 개통은 일제가 대륙 침략을 위해 개설했으며 근대 문물 유입 역시 자의가 아니었기 때문이다. 하지만 세계 도시에서의 경험은 분명 한국의 지식인들, 정치가, 예술가, 문학가, 교육자 등에게 시대정신과 함께 문화적, 경제적, 정치적 성장을 가져왔다. 근대 문물을 접하고 근대 도시의 삶을 경험하며 현재의 문제를 인식했다. 때론 문학으로 때론 교육으로 때론 정치로 때론 상업으로 때론 언론으로 여러 분야에서 현실을 극복하려 노력했다.

나는 이들의 글을 읽는 내내 함께 시대를 뛰어넘어 여행을 하는 것만 같았다. 내가 보지 못했던 도시를 보고 읽고 거닐었다. 그들이 도시에서 만난 사람, 시간, 장면을 마주했다. 현재는 여행과 관광이 일상이지만 명확한 구분은 아직도 힘들다. 다만 100년 전에도 지금도 달라지지 않은 건 여행과 관광을 통해 개인과 시대를 보려 했다는 것, 보려 한다는 것. 그 어느 것 하나 자유스럽지 못하지만, 자유스럽게 세계 도시를 누렸다. 내가 보지 못한 곳에도 진짜는 있고, 내가 겪지 못한 시간 속에도 지금은 있다.

『이상의 도쿄행』은 일상에서 벗어나 휴식을 취하고 유람하는 여행기보다는 현상을 살피고 문물을·체험하는 탐구기에 가깝다. 여러 지식인의 시선으로 바라본 세계 곳곳과 여러 지식인의 심상으로 마주한 세계 곳곳을 통해 나의 현실을, 우리의 지금을 살펴보자.

김용조 . 해경 . 1916

허헌

세계 일주 기행

허헌

1885.7~1951.8

변호사, 독립운동가

대한제국 3대 민족 인권 변호사. 1907년 대한제국 제1회 변호사 시험
에 합격하고 일본 변호사 자격도 취득하면서 독립운동가, 노동자, 계층
적 약자의 변호를 도맡았다. 1924년 보성전문학교 교장 취임과 조선인
변호사회장을 겸했고, 1926년 6개월 동안 세계 일주를 떠났다. 세계
일주 시 딸 허정숙과 함께했으며 딸을 미국에서 유학시키기 위해 딸을
미국에 두고 자신만 유럽으로 건너간다. 허정숙은 독립운동가이며 여성
운동가, 사회주의자다.

아시아 대륙에 삼복이 가까워 오는 까닭인지 오늘 밤은 몹시
도 덥다. 아직 5월 31일이니 춘복을 입어도 견딜 듯하지만, 웬
걸 금년 계절은 이상하여 벌써 며칠 전부터 짱짱 내리쪼이는
폭양 볕에 얼음 수채가 그립고 밀짚모자에 산뜻한 베옷이 간
절히 생각난다. 더구나 내가 바야흐로 향하려 하는 곳이 태양
이 직사하는 저 남쪽나라인지라 저절로 머릿속조차 뜨거워져
서 서울을 떠나는 오늘 밤에는 흰 하복조차 떨쳐입고 나섰다.
남대문 정거장에는 나와 나의 딸 정숙이를 보내주는 여러분
이 나와 주셨다. 실로 내가 생각하여도 나의 이번 발길이 언
제 다시 이 정거장 흙을 밟아 보게 되는지 모르겠다. 밟는다
하여도 몇십 년 뒤가 되는지 또는 그 몇십 년 뒤에도 살아서
나 밟게 되는지 아무 근심 없고 아무 거리낌이 없는 사람으
로도 십만 리의 먼 길을 떠난다 하면 곱게 돌아오기를 장담을
못 한다. 하물며 우리같이 가도 근심, 와도 근심인 기구한 나
그네의 몸에야 어느 날 어떠한 운명이 앞에 가로막아 섰다가
나의 생명과 육신을 물고 뜯을 줄 알랴, 이런 생각을 하면서
남산 위의 솔밭과 북악산의 연봉을 바라보니 어떻다 말할 수
없는 감개에 가슴이 설레기 시작함으로 나는 얼른 여러분과

갈라져서 경부선 기차 속으로 뛰어들었다. 아무쪼록 일초 동안이라도 내가 나서 자라든 이 땅의 흙을 더 밟아보고 또 이날 이때까지 존경하며 신뢰하여오든 여러 벗의 따듯한 손목을 더 붙잡아 보고 싶은 생각이야 불붙듯 나는 터이나 그것이 도리어 떠나는 나에게 견디기 어려운 괴로움을 준다. 기차는 끝끝내 떠난다. 휘황한 전등 속에 명멸하는 숭례문의 우뚝 솟은 가옥의 그림자를 남겨놓고 기차는 남으로 남으로 자꾸 떠난다.

나는 아예 보지 말자고 꼭 감았든 눈을 참지 못하여 다시 한 번 떠서 그 남대문이 서고 있는 하늘 위를 쳐다보면서 속으로 기어이 다시 한번 살아와서 저 문을 쳐다보자고 맹세하였다. 아무렇게나 가는 몸이라 그리운 조선이여 잘 있을지어다. 그동안에 아무쪼록 크고 건강하고 배움이 많아서 조그마한 이 몸이 가져다드리는 뒷날의 선물을 웃고 받아주소서.

태평양 위의 월광

동경과 오사카Osaka에서 며칠 지내다가 6월 16일 아침에 요코하마Yokohama를 떠나는 태양환에 몸을 싣고 하와이로 향하는 길에 올랐다. 배는 꽤 컸다. 2만 2천 톤짜리라 하니 실로 해상의 산옥 같은 큰 부성이라 할 것이다. 삼등객은 아침 8시 전에 올라야 하고 일등객은 11시, 또 우리 같은 이등객은 9시까지에 올라야 한다기에 요코하마 해안 통에서 항해에 필요한 물건 몇 가지를 사 들고 우리 부녀는 정각까지 배 칸에 분주히 오르니 그 큰 배도 벌써 손님으로 가득 찼다.

11시 반이 되자 태평양 저쪽으로 가는 우편을 가득 실은 우편선이 포포포-하고 분주히 본선에 달려와서 수하물을 실어 버리더니 배는 곧 기적을 울리면서 떠나기 시작하였다. 동경에서 와주신 몇몇 분을 작별하려고 정숙이와 함께 갑판에 나서니 그 넓은 부두에는 우리 배의 손님을 작별하러 온 사람들로 가득 찼다. 아마 3천 명은 될 것 같다. 그 사람들이 모두 빨갛고 노랗고 푸른 종이를 한끝을 갈라 쥐고 배가 떠남에 따라 그 줄이 점점 풀어 바다 위로 5색 무지개 같이 둥실둥실 펴져질 때 보내는 사람은 가는 사람의 건강을 빌어 만세를 부르고 또 배 위의 사람은 배아래 사람을 향하여 잘 있으라고 외치는 소리에 요코하마의 하늘은 흔들릴 지경이었다. 아까 갑판 위에서 서로 몸을 부둥켜안고 그렇게 갈라지기를 애처로워하던 서양인 노파도 이제는 할 수 없다는 듯이 부두에 파리 대가리 같이 아물거리는 전송객을 바라보다가 물결 위로 지나가는 물새들에게 눈을 주고 만다. 생각하면 요코하마 바닷물은 날마다 수없이 보내고 가는 동서양 사람의 이별 눈물로 개항 60여 년에 수척이나 수심이 깊어졌으리라. 미주나 구라파로 간 우리 형제도 많으니 조선 사람의 눈물도 몇 촌이나 이 수심을 깊게 하였는가.

이제부터는 순전히 해양 생활이다. 일본의 보소반도조차 수평선 저쪽에 사라지자 어디를 보아도 파-란 바다 물결뿐이다. 바다에 오면 산이 그립고 산에 오면 바다가 그립다. 수려한 산악을 날마다 쳐다보며 자란 나는 바다가 어떻게나 갑갑한지 모르겠다. 해는 벌써 저버렸다. 해조차 서산을 넘지 않고 서해를 넘는 것이 어쩐지 섭섭하다. 아무튼 이제는 이 바다 물결과 싸우면서 3,310리의 수로를 가야 하겠다. 이 배의 속력이 1시간에 15해리씩이라 한즉 하루에 잘 가야 360리밖에 못 갈 터이니 그러면 하와이까지 가자면 34일 동안이나 걸려야 할 모양이다. 어떻게 십여 일을 육지를 못 보고 살아가나.

선실의 영어 공부

남들은 해상 생활을 모두 조반 먹고 운동하고 음악을 듣고 댄스를 하고 활동사진을 보고 또 밥 먹고 자는 것으로 지내는 모양이나, 나는 어학 공부에 밤낮 선실 문을 닫아걸고 땀을 빼었다. 영어야 청년 시절에 한성외국어학교에서 내셔널 5권 정도를 배웠고 그 뒤에도 영미 법대에 갈 생각을 품고 2개년 동안이나 서울 모영인 밑에서 개인교수를 받았으며 또 동경 가서도 메이지 대학에 다닐 때에 법률 외에 어학에 은근히 힘을 써서 그때만 해도 영자신문쯤은 거리낌 없이 보아 왔었지만 그동안에 놓은 지 하도 오래되어서 이제는 밥 먹으란 말도 외우지 못할 지경이다. 이래서 어떻게 서양 가서 코 큰 벽안노의 행세를 하겠는가. 미국 샌프란시스코에 내릴 때까지 열심히 독습하기로 하였다. 그야 출발 전 2개월간을 서울에서 영어전공을 다시 하였으나 아직 수줍어서 영미인을 붙잡고 말을 걸어볼 용기조차 나서지 않는다.

어학에 피곤한 머리를 쉬려고 밤에 갑판에 나가면 장두에 일륜명월이 걸린 것이 정말 좋았다. 강천일색무직록 교교명월고월륜江天一色無織廫皎皎明月孤月輪(강 하늘 한색으로 티끌 하나 없고, 허공에 밝은 달만 외로이 떠가네)라고 장약허가 옛날에 읊었다더니 실로 그런 광경은 중국의 동정호 같은 월광에서 찾을 것이 아니라 9만리 장공아래 끝없이 벌려진 이런 태평양 대해 상의 월경에서 읽혀질 것인가 한다.

그러나 이렇게 달 구경이 좋다가도 갑자기 검은 구름이 해양을 덮으면서 산 같은 파도가 배를 삼킬 듯이 맹렬히 선창을 때릴 때에는 정말 장엄하고 참혹하다기보다 간이 말라 드는 것 같기도 하다. 아무리 철갑선이라도 자연의 사나움에 머리가 들리랴. 성격이 급한 분은 하루에도 몇 번씩 파선을 생각하고 하느님께 기도드리는 것까지 보았다. 그러나 정직하게 말하면 나는 파선을 당하여 보았으면 좋겠다. 그렇게 생명의 절대한 협위를 받아 본다면 담력이 그야말로 철석같이 다져지리라. 내 생각에는 파선이 된다 하여도 나만은 배 창의 널문을 뜯어 허리에 깔고 용감하게 헤엄을 쳐서 뒤에 무선 전신을 받고 달려오는 구조선에 구명이 될 것 같다. 그렇다면 이 기행문도 다소 재미있어지련만. 아뿔싸 이것도 늙은 청춘의 한때에 그리는 로맨틱한 화폭인가.

부유한 하와이Hawaii 형제 생활

일본을 떠난 지 열 나흘만인 1926년 6월 29일 아침에 그립던 하와이의 호놀룰루Honolulu 항구에 도착하였다. 무선 전신을 받아보고 그곳 민단총회장 최창혜, 기독교 중앙교회 목사 민찬호, 홍한식, 몇 년 전 고국 방문으로 오셨던 김누디아 여사 등

나를 위하여 동포 다수가 부두에까지 나와 우리 부녀를 반갑게 맞아 주었다. 그 모양이 어떻게도 진정이고 열렬한지 그냥 귀를 맞잡고 삼삼 돌아가며 입을 맞출 지경이다. 나도 고국에 돌아온 듯이 어떻게나 기쁜지 뛰고 싶었다.

여기에서 나는 개발 회사 이래 특별한 관계를 맺고 있는 하와이 제도를 잠깐 소개하여 보겠다. 하와이라 함은 태평양상의 한복판에 콩알만 한 섬 8개가 모여서 된 곳이니 비록 면적은 6천 평방이라는 큰 고양이 이마빡에 불과하지마는 군사상 정치상은 물을 것도 없고 아시아와 구라파, 미주와 동양을 다니는 교역상 중요한 곳이 되어 유명한 곳이다. 도내인구 24만 중 우리 사람은 약 7,000명 있고 중국인도 수만이 있고 일본인도 약 10만이나 있다. 그 외에 영미인이나 포르투갈, 필리핀, 인도, 하와이 등 각국 종족이 모두 모여와 사는데 주권이 미국에 있기는 하나 우리 사람들은 토지소유권이나 시민권도 가지고 있어서 생활이 풍유할뿐더러 사회적으로도 각국인에 비하여 우세한 지위를 가지고 있었다. 그리고 교육과 사회 시설의 완비에는 놀랐으니 미 국립의 공사립 학교 수가 330여 교, 교원 수 1,820여 명, 학생 42,070여 명이며 또 중학교가 7교, 대학이 2교 이외에 도서관 유치원 등이 곳곳에 있었다. 하와이의 수도인 호놀룰루라는 항구는 시가의 장려한 것이 놀랄 만한데 인구는 서울의 사 분의 일이나 되는 70,000여 명이 산다고 한다. 여기 우리 사람들도 백인과 마주 앉아 크나큰 상포도 버리고 여러 층 양옥도 쓰고 산다.

나는 여기에서 여러분이 청하는 대로 교민 단과 청년회와 교회당을 돌아다니며 고국 사정도 이야기하며 우리 일에 대하여 수차 연설도 하였다. 그곳에서 약 열흘 동안을 묵는 사이에 호놀룰루뿐 아니라 각처로 돌아다니며 연설한 도수가 아마 수십 차는 되었다.

나는 미국 대학을 졸업하고 온 우리나라 여학생을 만났으나 그분이 말을 몰라 통역을 세우고 겨우 문답을 하였을 때는 어쩐지 제 나라말을 몰라주는 것이 야속하기도 하고 서운한 생각이 나더라. 그 교회학교의 성장을 비는 마음은 내가 하와이를 떠난 뒤 오늘까지 사라지지 아니한다.

미국으로 미국으로

아이스크림에다가 바나나를 볶아 먹는 맛과 그곳 특산 과실인 파파야나 망고가 입에 들어가면 녹아버릴 듯한 배 같은 맛나는 과일로 여러 날 식미를 자랑하다가 또 하와이 형제자매의 살을 벗어줄 듯한 친절한 대우에 심신을 녹이다가 또 나고 자람을 그곳에서 한 학동들이 고국으로 데려다 달라고 조르는 애처로운 정의 속에서 지내다가 우리들은 7월 8일에 잊히지 아니하는 하와이를 뒤에 두고 할 수 없이 미국을 향하여 또 배를 탔다.

그때 부두에서 전별하여주든 광경이야 내가 관속에 들어간들 잊히랴. 그러나 나는 하와이에 대하여 하고 싶은 말이 산과 같이 많으면서도 아무 말도 못 하고 마는 것을 이에 슬퍼하지 않을 수 없다.

더구나 어린아이들이 발을 동동 구르며 날더러 금강산이고 서울 이야기를 더하여 달라고 조를 때에 알 수 없게 목이 메는 듯한 무슨 압박을 받게 되더란 말도 모두 피하는 것이 여기에는 좋겠다.

우리가 탄 미국 샌프란시스코San Francisco 가는 배는 무슨 대통령의 이름을 따온 3만여 톤짜리 배인데 묘령의 백인 여자들이 어떻게나 많이 탔는지 식당에나 갑판 위의 운동장이나 무도실에 들어가 보면 남성 금제가 아닌가 하리만치 꽃같이 어여쁜 여자들이 가득 차서 재깔거리고 있는 것이 실로 장관이다. 그 등의자에 걸터앉아 대패로 민 듯 간듯하게 생긴 두 종아리를 내어놓고 방글방글 웃어가며 저이끼리 속살거리는 그 모양을 바라보면 브라우닝Robert Brownin이라는 영국 시인이

아아 다시 젊어지어
연애하고 싶다
다시 한 번만 사랑하고 싶다

하고 부르짖든 모양으로 또 괴테Johann Wolfgang Von Goethe의 파우스트가 메피스토의 힘을 빌려 다시 청춘이 되어 즐기듯이 나도 한 번만 젊어지고 싶은 생각에 가슴이 탄다. 어여쁜 여자란 남의 가슴을 집어 뜯는 것이 천직인 모양으로 태평양상의 선 중에서 나는 한참 땀을 빼었다. 그러나 나비 같은 그네들을 만남으로 나는 젊어지기는 고사하고 오히려 늙어지지나 않는가.

꿈과 현실의 헝클어진 실마리 속에서 이레 동안을 지낸 7월 14일이 되니 우리 배는 태평양 안의 대표 도시 샌프란시스코에 도착하였다. 이로부터 나의 발길은 황금의 나라, 물질문명 지상의 나라, 자본주의 최고봉의 나라, 여자의 나라, 향락의 나라, 자동차의 나라인 북미합중국 땅을 밟게 되었다.

변화한 샌프란시스코

7월 8일에 하와이를 떠난 우리 배는 일주일이 지난 7월 14일에 이르러야 미국 샌프란시스코의 제36호 부두에 그 허리를 닿게 되었다. 그러자 그곳 △△회 총회장이며 ○○민보 사장인 백일규 씨가 선실에까지 마중 나와 주셨는데 남들이 말하는 모양으로 그분은 안창호 파였던 관계인지 처음에는 다소 냉담한 태도를 보이더니 차츰 지낼수록 온후하고도 신뢰할 만한 좋은 분임을 스스로 깨닫게 하더라.

그는 미국에 온 지 벌써 20여 년이 지나서 그동안에 유명한 가주 대학의 경제과까지 마친 뒤 이렇게 북미대륙의 관문을 지키고 계시면서 사회적 또는 정치적으로 놀랄만한 활약을 보이고 있을뿐더러 본국서 오는 우리 동포의 상륙에 대하여는 일일이 미국 관헌에 교섭을 하여 주어서 반송을 피하게 하며 또 그 외에도 유학생이면 대학입학을 주선하고 고학생이면 세탁, 이발 등 온갖 노동의 주선까지 하여 주어서 실로 자부와 같은 경대를 받고 있던 터였다.

그런데 샌프란시스코의 재류동포 수는 모두 200여 명인데 그 중에 웅장한 건물에다가 양인 못지않게 대규모의 공장을 경영도 하며 상점을 경영하는 분도 있으며 또 정치, 경제, 문학

등 각 방면의 유학생과 더러는 노동자가 되어 이발소와 세탁소와 남의 집에 고용살이도 하는 분이 있었다.

이제는 샌프란시스코 시가를 소개할 차례에 이르렀다. 그러나 나는 이것을 피하려 한다. 여러분이 상상하시든 모양으로 20층, 30층의 석조, 연와, 철근콘크리트 등 대건축물이 천일을 가리게 또 어디까지 갔는지 모르게 기막히게 늘어졌으니 그를 가옥의 대삼림 지대라고나 설명할까. 그 외에 다른 해설의 말을 나는 못 찾겠고 또 각국 인종이 가로마다 욱작욱작 따라가다가는 욱작욱작 따라오며 자동차가 까만 박개미 떼같이 늘어선 것과 해륙에서 올리는 쇠망치, 기적소리 등 동원령이 내린 전쟁지대가 아니면 상상도 못하리만치 복잡, 다단한 품이 졸한 내 붓끝으로 그려낼 재주가 없는 것을 잘 아는 까닭이다.

다만 동하는 도시요, 크고 기운 센 거리거니 하면 별로 틀림이 없으리라.

그렇더라도 우리는 이 샌프란시스코란 북아메리카의 관문에 서서 「청원의 때는 이미 지났다. 우리에게 자유를 달라 그렇지 않으면……」 하고 부르짖으면서 내닫든 1775년 3월의 이 나라 민중의 장렬한 그 활동을 추억하는 것은 당연한 의무이리라. 그 위에 또 식민지인 미국에서 본국인 영국에 배화운동을 일으키어 매년 237만 방의 수입이 있던 것을 일격에 163만 방까지 하락시켰으며 이어서 동인도회사의 차를 상륙 거절한 일에 관하여 인지 판매사건과 대륙회의 등 온갖 역사적 비장한 기억도 첨가하여 좋은 것이나 최후에 의장 존 핸콕John Hancock을 선두로 한 13주 대표 56명이 서명하든 그 옛날의 어느 광경은 누구나 없이 분명히 와보고 지나야 할 줄 안다. 이것이 이방인으로 미국에 대하여 지킬 예의가 될 것이다.

영화의 왕국 할리우드

그 뒤 삭일 후에 나는 샌프란시스코에서 아침 차를 타고 저녁 해 질 무렵 임박하여서 로스앤젤레스Los Angeles에 도착하였다. 아마 가주에서 정말 우리 동포가 활동하는 지대는 이 로스앤젤레스인 모양으로 남녀 약 600명이 거류하고 있는데 도산파의 세력이 상당하더라. 왕년에 도산이 유하였던 집도 구경하였는데 크고 깨끗하였으며, 단체로는 △△회와 ○○단이 있어서 꾸준한 활동을 보이었으며 동포의 생활 정도도 모두 여

유작작하게 보였다.

그런데 나는 이 도시에서 몇십만 팬들이 동경하는 영화의 성지 할리우드를 보았다. 〈황금광시대 The Gold Rush, 1925〉에 나오는 채플린, 〈바그다드 도적 The Thief of Bagdad, 1925〉에 나오는 더글러스, 〈선 라이스 Sunrise, 1927〉의 게이노 등 모든 유명한 남녀 배우들과 유니버설, 폭스, 매트로 골드윈 등 온갖 대규모의 영화 회사가 빡빡이 들어선 순전한 활동사진의 천국이다. 그 스튜디오의 웅대한 것이 실로 놀랄 만하였으니 비행기 격납고같이 굉장히 큰 집채가 10여 개 연하여 있었다. 이 속에서 릴리안 기쉬, 클라라 보, 로이드, 쿠건 등 모든 천재가 밤낮 울고 부는 흉내를 내면 그것이 몇천 권의 필름이 되어서 전미의 상설관과 구라파, 아세아에 일시에 개봉이 되며 심지어 우리 조선 서울 친구들도 조선극장이나 단성사를 통하여 그를 구경하고는 흉내 내든 배우들 모양으로 정말 울고불고 야단이다. 실로 활동사진은 세계를 축소하여 놓았다 할 것이요, 만국 인의 정서를 통일하여 놓았다 할 기관임에 틀림없다.

어쨌든 꽃의 할리우드에 영화 회사가 300여 개가 있어서 전 세계의 영화 사업의 8할을 점하는 미국에서도 그중 9할까지는 할리우드 손에서 제작되어 나온다 하니 어떻게나 놀라운 활동인지 알 것이 아닐까.

이렇게 할리우드가 유독 영화의 성지로 온 세계의 총애를 받게 된 까닭이 없는바 아니니 그곳은 춘하추동 사계절이 마치 봄철같이 모두 따듯하고 비나 눈 오는 날이라고는 적으며 산천도 아름다운 품이 미국서는 드문 터이다.

우리 부녀는 안내인을 따라 온종일 장내를 돌아다니며 포복절도할 희극 장면도 구경하였고, 눈물이 비 오듯 하는 초 특작 대 비극이라 할 장면도 보았고 러브신의 광경도 보았다. 들은 즉 그들이 세계에서 모두 손꼽히는 유명한 배우들이라 한다. 나올 때 카페에 들렀더니 가장 모던식의 차림차림을 한 여러 영화배우가 잡담하며 아이스크림을 먹는 것이 희귀하더라. 아마 세계의 모든 최신유행과 담화재료는 여기에서 나오는 듯하다.

풍부한 과실과 석유

낙원 같은 꽃의 할리우드를 떠나서 우리는 다시 시카고Chicago로 향하였다. 그 중간에 약 10리 평방 되는 크나큰 포도원이 있었다. 한 시간 54리씩 가는 그 빠른 기차로도 5, 6시간을 순전히 포도밭 속으로 갔으니 굉장하였던 것을 알 수 있으리라.

이곳에서 1년 동안에 건포도가 60만 톤이 난다. 그뿐인가. 조선서 네이블이라고 하는 오렌지가 또 어떻게 많이 나오는지. 빨갛게 네이블만 연 과일밭 속을 기차를 타고 한 시간씩을 달렸다. 그놈의 과일은 누가 다 없애는지. 생산도 거대하려니와 미상불 소비도 거창한 셈이었다. 그 과수원에서 일하는 노동자는 조선 사람과 중국 사람과 일본사람 등 동양인이 대부분이었는데 임금도 높고 모두 상당한 저축을 하고 있다고 들었다.

이와 같이 과수에 있어서도 풍부하기로 세계인의 가슴을 놀라게 하고 더구나 석유에 있어서는 여행자를 기절케 할 지경으로 그 산출의 풍부를 자랑한다. 나도 시카고 가는 길가에 있는 유전을 보았는데, 산꼭대기든지, 평야든지, 해 중이든지 그 너른 벌판에 서울 종로판 안에 세운 철주의 10배나 되는 큰 쇠기둥을 몇백 주 세우고 있었는데, 그것이 모두 석유를 뽑는 기계라 한다. 매년 수억만 배럴에 달하는 그 많은 석유를 이전에는 기차에 싣고 운반하더니, 이제는 그래서는 다 공급할 수 없다 하여 필라델피아Philadelphia(거리 60리), 뉴욕New York(거리 60리)과 보스턴Boston(총합 5,000리)의 그 먼 길에 수도를 놓고서 그냥 부어서 냇물 모양으로 땅속으로 운반하는

데, 그리하면 전기 삼대 항구에서 배에 실어서 동서양 각국에 보낸다 하는 바 전 세계의 석유 중 7할까지는 미국에서 난다고 하니, 황금의 나라 됨이 우연한 일이 아니었다. 이렇게 기막힌 부의 원천에 대한 소개는 끝이 없겠으므로 이만하거니와 농업도 거저먹기요, 또한 대규모의 작농들이었다.

실로 끝을 모른다 할 그 너른 벌판에 기계로 땅을 갈아놓고 기계로 씨를 휘휘 뿌리고, 그리고는 기계로 또 수도를 끌어넣었다가 가을에 또 기계로 와락와락 추수하여버리면 그만이다. 농작은 대개 수도인데, 그것은 재미 동양인의 식료가 되며, 양인들도 가끔 라이스 카레를 하여 먹기에 쌀을 구한다고 한다.

그런데 여기 개발 회사 통에 함경남도 정평 살던 김 씨가 들어가서 농사를 지어 일시는 백여만 원을 벌어서 백미 대왕이라고 그 이름이 쨍쨍 울리든 거농이 있었는데 그만 구주 전쟁을 치른 뒤 3, 4년에 더 크게 하려다가 그해의 유명한 수해로 대패한 이가 있다. 그 외에도 조선 사람으로 상당히 큰 농작을 하는 분이 꽤 많다. 이렇게 곳곳에서 동포의 건투하는 모양을 보면 알 수 없는 감격에 가슴이 차더라.

나는 시카고에 와서 여관 일로 큰 실패를 하였다. 우스운 일이나 그 이야기를 하여보건대 내가 20년 가까운 예전에 그때 서울 중교동에서 교회학교의 교사 일을 맡아보고 있던 염광섭이란 청년에게 돈 500원을 주어 미국 가는 노비를 보조하여 준 일이 있는데, 그분이 그동안에 시카고대학을 마치고 그곳 대학도서관 간사로 있었다. 그래서 염 군이 나를 마중 나와서 기차에 내리자 곧 자동차로 받아 싣고서 여관을 안내한다고 시중을 지나 미시간 호수Michigan L.까지 자꾸 데리고 간다. 그래서 교외를 한참 질주하더니, 얼마 만에 호수를 매축한 위에다가 화려하게 지은 집 앞에 내려놓는다.

들은 즉 그곳이 '비치 호텔'이라 하여 세계에서 손꼽히는 국제적 호텔로 구미의 유명한 부호나 정치가들이 의례히 이곳에 와 머문다 하는바 과거에 우리 명사들 중에도, 이승만 씨나 서재필 씨 같은 분이 며칠 투숙한 일이 있다 한다. 아마 염 군은 그동안 본국 사정을 잘 모르고, 나를 백만장자나 된 줄 알고 여기에다가 붙잡아 온 모양이다.

기왕 온 것을 어쩌라고 숙박을 청하며 하룻밤 방값을 물으니 놀라지 마라. 그리 좋지도 않은 방이 100원(그곳 돈 50불)이라 한다. 더군다나 서양여관은 방값만 내고 음식은 제 마음대로 따로 돈을 내고 사 먹는다. 부녀가 각각 1실씩 점령할 터이니, 하룻밤에 200원이 달아난다. 아뿔싸! 하고 뉘우쳤으나, 때는 이미 늦었다. 할 수 없어서 제일 싼 방을 달라하여 1박 36원씩 둘이 72원. 물 쓰듯 돈을 쓰게 되어 울며 겨자 먹기로 숙박하였으니 어쨌든 그 여관에서 나흘 동안 묵는 사이에 수백 원 돈을 써버렸다. 이렇게 기막히고도 우스운 봉변이 또다시 있을까. 그곳에서 떠나서 며칠 뒤에 뉴욕New york에 와서 장덕수 기타 제 씨를 만났다. 여기에는 민단 사람들이 많더라. 우리 사람들이 돈을 모아 건축하였다는 X인 기독교 예배당도 보았는데, 아주 당당하였다. 정치적 기타의 활동은 빼거니와 어쨌든 뉴욕에는 우리 사람으로 요리, 양복, 세탁, 이발하는 노동자와 유학생들이 약 60명 있는데, 장덕수 군이 정치학일 따름으로 다른 분들은 대개 경제학 방면의 전공이었다. 그런데 뉴욕에 약 30만 불(60만 원) 가는 조선인 부자가 있으니, 그는 안정수 씨다. 안정수 씨가 부자 된 역사를 들으면 처음에 동양에서 향목원료를 가져다가 향을 만들어 팔았는데, 그것은 서양 가정에서도 마치 우리들이 만수향을 항상 방안에 피어 두듯이 향불을 피워놓는 습관이 있는 것을 착목하고

서 제일 먼저 이 사업을 경영하기 시작하여서 크게 호평을 받았다는데 지금도 큰 공장을 짓고 흑인 노동자를 사용하여 가면서 크게 장사하고 있었다. 양정수 씨의 사업은 먼-장래까지 매우 유망하게 보이더라. 뉴욕에서는 이밖에 독립 50년 기념 만국박람회를 보았다. 동양의 공진회고 박람회의 류가 아니었다.

대통령을 만나다

워싱턴Washington, D.C.에 갔을 때는 백악관에 가서 쿨리지John Calvin Coolidge 대통령을 만났다. 풍채는 윌슨같이 그렇게 훌륭하지 못하였으나 경쾌하면서도, 중후한 멋이 있는 분이더라. 악수할 때에 힘을 어떻게 주어 꼭 쥐는지 그것도 모두 동양의 손님에 대한 특별한 친근을 표함인가 하면 한껏 상쾌하였다.

그리고 미국 의회도 구경하였다. 거기서는 일본 의회 모양으로 방청권의 여부도 없이 누구든지 자유로 들어가서 방청하기로 되었는데, 하원보다 상원이 훨씬 재미가 있었다. 그도 그럴 것이 미국의 의회조직은 하원은 조세안 같은 것을 토의하는 것에 불과하고, 정작 외교라거나 전쟁, 비준 등 모든 일은 상원에서 하기로 되었으므로 그곳은 세계의 시청이 항상 집중되어 있을뿐더러 의장도 늘 긴장하고 있었다. 상원의원의 조직은 각 주 대표 94명으로 되었는데, 나는 주장 상원의 의사를 참관하였다. 그리고 그곳에서 외교위원장 보-라 씨도 회견하였다.

그곳에서 영광의 제1회 대통령 위싱턴George Washington의 기념탑을 보았는데, 높이는 550척의 사각 탑으로 그 건축 석재는 각국의 기증으로 된 것이라 한다. 엘리베이터로 승강하기로 된 것인바 정상에 올라가니, 위싱턴시의 전경이 보이더라. 총건축비는 260만 원이요, 제막식은 1884년 2월에 거행하였다 한다.

딴말이나 위싱턴의 고적은 보스턴시에도 있는데, 그곳에는 1776년 7월 3일에 위싱턴 장군이 칼을 빼어 들고 혁명을 부르짖든 유목 터가 그냥 남아 있어서 천대 후인의 가슴을 치는 바가 많았다.

감격을 받기는 위싱턴의 고적에서도 그리하였지마는 뉴욕에 돌아왔을 때 시청 부근에 있는 네이던 해일Nathan Hale 동상을 보고 한층 더하였다. 그 동상에는 미국독립전쟁 때에 미군의 밀정이라 하여 영군에게 잡히어서 최후를 마칠 때에 부르짖은 유명한 그의 명구가 적혀있다.

J. regret that have only one life to lose for my Country

1776.9.22

그대로 쓰여 있는데 그 뜻을 번역하면 「나는 내 나라에 바치는 목숨을 오직 하나밖에 가지지 못한 것을 원통하게 생각한다」함이라. 이 동상은 실로 전 아메리카 민중의 정신을 항상 긴장 시켜 놓는 효과를 가지고 있다 할 것이다.

이밖에 각지의 대학, 도서관, 재판소, 신문사, 공장, 회사 등 모든 시설에 놀라운 것이 많았으나 미국에 대한 기행문 분량이 너무 많아져서 모두 줄이기로 하며 또 나아가라, 기타의 폭포, 하소, 산악 등 명승도 대개는 구경하였으나 같은 의미로 딴 기회에 말하려 하며 좌우간 나는 미국 와서 물질문명의 절대한 위력을 깨달았다. 어쨌든 뉴욕에는 두 사람에 한 대씩 자동차가 있다 하니 그네들의 부와 활동력을 넉넉히 짐작할 것이 아닐까.

나는 뉴욕에서 차 타고 두 시간을 가는 픽스킬Peekskill 피서지에 가서 약 두 달 동안을 어학 공부를 하다가 1927년 1월 15일에 다시 뉴욕 부두를 출발하여 태평양을 건너 영국과 아일랜드로 향하는 길에 올랐다.

아일랜드 산천의 황량

나는 미국에서 본국 계신 여러분에게 두 번 울리는 편지를 써 부친 뒤 수일 뒤인 1월 15일 새벽에 매연과 모터 소리에 잠긴 뉴욕 시가를 뒤에 두고 부두에 나가 아일랜드 가는 배를 집어 탔다.

미국에 더 있으면서 자본주의국가로 가장 고도의 단계에 이르렀을뿐더러 이 나라의 정치와 경제조직이며 사회 사정 등을 더 많이 살피고 싶었으나 앞길이 급한지라, 그냥 떠나기로 한 터다. 그렇더라도 미국에 여러 달 체류하는 사이에 이 나라 민중의 기질이라든지 또 러시아와 양극단에 있어서 세계의 문화를 풍미하고 있는 아메리카이즘을 본 것이 없는 것이 아니지만 대개는 시사와 정치에 관계되는 것임으로 지면을 통하여 말씀드릴 자유가 없어서 그냥 지나가기로 한 것이다. 실상 저도 여러 도시에서 재외 동포들을 위하여 또는 구미인을 위하여 청하는 대로 목이 쉬게 연설도 몇십 차 하였고 그 반대로 내가 저곳 명사를 일부러 찾아서 손목을 붙잡고 열렬히 협의한 일도 많으나 그를 아니 적는다고 여러분께서 상상도 못 하여 주시랴.

좌우간 나는 그달 22일에 남부 아일랜드의 유명한 항구 퀸스타운Queenstown에 도착하였다. 태평양을 건널 때에 그 배 사무장이 일일이 해양을 지적하면서 저기는 몇 해 전에 빙산에 부딪혀 다-다넬호 기선이 침몰된 곳이라거나 또 저기는 영불연합함대가 구주 전쟁 때 독일 잠항정 때문에 여러 번을 격침당하던 곳이라든지 하는 설명을 들을 때에 실로 새삼스럽게 몸에 소름이 끼치더이다. 저 아무 근심 없이 양양히 흐르는 바닷물 위에 온갖 두려운 비극이 일어나겠거니 그래서 우리 배가 지금 지내는 이 바다 밑 속에도 몇만의 영혼들이 아직 호곡하며 있겠거니 하면 어쩐지 머리가 차지더이다. 더구나 천애에 흐르는 고객이며 낙조에 물든 대서양의 망망한 해상을 바라볼 때 그 순간에 향수에 아울러 이러한 감상적 정회가 일어남을 금할 길이 없더이다.

그런데 내가 지금 도착한 퀸스타운 항으로 말하면 속칭 황후촌이라 하여 얼마 전까지도 시가 찬연한 훌륭한 도시이더니 몇백 년 내 영국령이 되어 오는 동안에 부절히 일어나는 전쟁 때문에 그만 말할 수 없이 황폐해져서 곳곳에 총화의 세례를 받은 건물과 파손된 가로 때문에 처참한 느낌을 가지게 하더이다. 나는 8시간을 이 항구에 배가 정박하는 틈을 타 동선하였던 캐나다 신펜당 지부장 부부와 함께 택시를 불러 타고 시가를 지나 그곳 공원에까지 올라가 보았는데 사방에 보이는 아일랜드의 전야도 모두 전쟁을 치고 난 자리같이 기름기도 없고 수목도 불에 탄대로 있고 도로나 교량도 파괴된 것이 많았다. 민가의 건물인들 미국에서 보던 것 같이 정미한 것이 하나인들 어디에 있으리까. 실로 만목처참하다 함은 이를 가르친 듯하다. 그래도 요즘에는 자유국이 된 뒤에 신정부의 손으로 부흥 사업이 성히 일어나는 모양으로 길가마다 새로운 가로수가 서기 시작하고 또 시구도 개정이 되며 좌왕우래하는 아일랜드인의 얼굴 위에도 희망과 정열의 빛이 떠올랐다. 나는 이 모양을 보고 재 속에서 날개를 털고 일어나는 불사조라는 새를 생각하였다. 아일랜드와 아일랜드 민족을 보고 죽지 않는 새를 연상한 것이 어째 옳은 것 같았다.

웅대한 재판소

나는 다시 퀸스타운을 떠나 영국 리버풀Liverpool 항구를 잠시 거처 4시간 만에 북부 아일랜드에 있는 퀸스타운 항구에 도착하였다. 이 황제촌이라 함은 북부 아일랜드의 명 항구요, 또 황후촌이라는 것이 남부 아일랜드에 있는 명 항구로 되어 이 두 항구가 장구 모양으로 양쪽에 있으면서 아일랜드 자유국의 문명과 온갖 국가의 경제를 대부분 탄토한다 하더이다. 여기서 기차로 아일랜드 서울인 더블린Duibhlinn시를 직입하는 터이니 겨우 차로 40분만 가면 된다 한즉 마치 우리 서울과 인천항의 관계와 흡사하다 할 것이다.

그런데 나는 이번 세계 일주 여행에 아일랜드에 몹시 치중하였던 것만큼 미국 있을 때에 벌써 아일랜드 여행의 많은 편의를 가졌었으니 즉 내가 아메리카 픽스킬 피서지에서 어학 공부를 하고 있을 때에 몇십만 재미 아일랜드인을 거느리고 있으면서 신펜당 뉴욕주 총 지부장으로 있는 M 박사를 가까이 알게 되어 씨로부터 데벌레라Eamon De Valera씨에게 친절하게 소개하는 장문의 서찰을 지녔었고 또 뉴욕에 이르러 비자 즉 여행권의 사증을 얻으려고 아일랜드 총영사관에 가서 총영사를 만났을 때도 벌써 나의 말을 듣고 기다리고 있었듯이 아일랜드 사정을 속속 잘 설명하여 주며 그 위에 아일랜드 정계의 여러 명사에게 소개하여 주는 글발을 하여 줌으로 그도 또한 지내게 되었으니 이것은 아일랜드에 처음 여행인 나에게는 실로 큰 소획이 아니라 할 수 없었다. 딴말이나 뉴욕에는 영국 총영사관 외에 당당한 아일랜드 총영사관이 있어서 아일랜드인에 대한 것은 전부 그곳에서 처리하고 있는데 자유국이 된 뒤로부터는 영국 외교관들도 아일랜드의 외교에 대하여는 손가락 하나 저치지 못하고 있더이다. 아일랜드는 실로 자유로웠다. 지배를 벗어나서 이제는 명실이 모두 갖게 독립이 되어 있었다.

더블린시에 도착한 나는 즉시 택시를 불러 타고서 그날 오후 3시경에 더블린 민립대학에 갔다. 데벌레라 씨를 만나자면 민립대학으로 가라는 말을 들었기에 그래서 사무실로 들어가니 마침 데벌레라 씨는 전에 신펜당의 일로 남부 아일랜드로 출타하였다 함으로 어쩔까 하고 망설이는 때에 그곳 대학 노교수 B 박사가 나오면서 무슨 일이냐고 묻기에 나는 코리안 사람으로 아일랜드 방문을 왔노라 하는 말과 미국 픽스킬에서 가지고 온 소개장을 내어 보이니 그분은 크게 반기면서 응접실에 이끌고 들어가서 멀리서 어찌 왔느냐고 10년 지인같이 정을 보여 주었다. 그뿐만이 아니라 나중에는 교수시간이 아니면 자기가 친히 앞에 서서 안내하여 드릴 것을 그만 시간 때문에 못 하는 것이 유감 천만이라고 하면서 즉시 아일랜드 정청 내무성에 전화를 걸어주었다. 그리고 나더니 내일 아침 9시에 정청문 앞으로 가면 내각의 비서가 나와 기다리기로 되었으니 그 시각에 가보라고 하더이다. 이렇게 진정으로 주선하여주는 노 박사의 심정에 한껏 쾌감을 느끼면서 그날은 호텔로 와 피곤한 다리를 쉬었다. 아일랜드는 정치적 환경이 같은 경우의 외국인을 대함에 유별함이 있겠거니와 이와 같이 하여줄 줄은 저는 몰랐다.

다음 날 아침에 그 말대로 정청으로 가니 문전에는 무장한 파수병이 잔뜩 지키고 서서 자유국 창시 초의 소란한 분위기가 내외에 가득했다. 파수병 사이로 어떤 신사 한 분이 지키고 섰다가 나를 보더니 「미스터, 허」냐고 물으면서 맞아주며 정청 내로 이끌어 가기에 그곳에 가서 약 5분간을 기다렸을까 할 때에 내무차관 격에 해당한다는 여관사 한 분이 나와서 친절히 맞아 주는데 그분이 순수한 아일랜드 말을 하고 나는 겨우 영어를 번지는 관계로 우리의 대화는 몹시 지체난통이었다. 그는 답답했는지 중국말을 아느냐고 묻기에 중국말도 알고 일본말도 안다 하니 즉시 비서를 부르더니 민립대학에 있는 중국 유학생을 불렀다. 일본인이나 조선인으로 아일랜드에 유학하고 있는 학생은 한 사람도 없다 한다. 조금 있다가 남방 소주에 산다는 중국 청년 한 사람이 들어왔는데 그 사람

입을 거치는 중국통역은 더구나 말이 잘 안 되기에 나는 사퇴하고 그제부터는 영화 사전을 꺼내 들고 한참 둘이서 책보며 이야기하였다. 피차에 땀이 빠졌으나 담화의 내용은 거리낌 없는 중요한 것이었다.

그런 뒤에 그 내무차관이 그때 마침 개회 중의 아일랜드 의회와 고등법원과 공소원의 서기장에게 전화를 걸어주기에 나는 의회와 재판소 견학을 할 차로 그곳을 나왔다.

그리고 바로 그 길로 재판소를 방문하였다. 아일랜드의 법정 결구의 웅대하다 함은 이미 듣던 말이나 실로 유명한 저 런던 재판소보다도 그 건물이나 설비에 있어서 결코 지지 않는다. 아일랜드도 역시 고등 복심 지방의 3심 제도였는데 영미의 법률계와 달라서 아일랜드는 불문법을 많이 쓰는 까닭으로 법정 안은 판결례가 가득 차 있었다. 그것은 실로 재판장의 등 뒤에서부터 피고와 방청객이 앉는 자리의 등 뒤에까지 전부 장서 벽을 하여놓고 연대순으로 판결례를 가득 비치하여 두었는데 그러기에 재판하다가도 재판장이든지 피고든지 변호사든지 제 마음대로 그 벽장의 문을 열고 판결례를 찾아보면서 재판을 진행한다. 그리고 내외국서적이 그렇게 많이 재판소에 비치되어 있는 곳은 동양은 말고라도 영미에도 드물다. 변호사 공실에도 전속 도서관이 있고 판사에게나 검사에게나 모두 그렇게 훌륭한 도서실이 있는 것을 볼 때 최신지식을 흡수하기에 급급한 신흥국가의 의기가 경탄할 만하다.

내가 재판소에 갔다고 분주한 분을 타서 남자 판사 3인과 여판사 1인과 아일랜드 변호사 여러분들이 식당에다가 임시 환영연을 열고 환대하여 준다. 그리고 재판소에서 나와 즉시 감옥 구경으로 저는 떠났다. 감옥이 크고 깨끗하고 채풍 통광이 잘되어 위생상으로 좋은 것은 한갓 부러울 뿐이었다. 그 속에는 연극장과 라디오와 대규모의 도서실이 있어 소정의 공장 노역 시간 외에는 수인들이 말쑥하게 신사복으로 차리고 제 마음대로 있었다. 예컨대 그 속에서 베이스볼 경기대회도 열고 무도회나 음악회도 열린다 하며 또 토요일과 일요일에는 수인의 가족 그 중에도 애처들이 감방에 가치 들어와 즐겁게 하루 이틀씩 지내다가 가기까지 되어 실로 문명국가의 금도가 다른 것을 깨닫게 한다. 나도 감옥의 청으로 수인 앞에서 강연한 적이 한두 번이 아니었다.

중국 문제와 의회

재판소와 법정을 나와서 나는 아까 내무차관이 준 상하 양원의 방청권을 가지고 아일랜드 의회의 방청으로 갔다. 그런데 내가 들어갔을 때는 하원의 의제는 무슨 법률안 토의가 되어서 재미없어 곧 나와서 상원으로 갔다. 상원은 총 의석 65개, 6개 중 결석 의자가 겨우 3, 4개에 불과하고 그 외는 전부 만원 된 장내에서 모두 항분의 되어 열변을 토하며 국사를 격렬히 논쟁하는 중이었다. 나는 나를 인도한다고 따라왔던 정청 외 비서관에게서 오늘 의사 일정이 마침 중국 문제의 토의라고 하는 말은 들었다. 즉 여러분도 아실 터이나 장작림이 쫓기어 만주로 가다가 죽고 장개석이 정권을 잡음과 동시에 남경사건 제남사변이 첩출하야 영국에서는 대거 중국에 한창 출병하든 때였다. 매일 신문을 보아도 오늘은 영국에서 육전대 몇천 명과 군량 얼마를 싣고 군함 몇 척이 중국을 향하여 출발하였다 하는 등의 기사로 국민을 항분케 하는 때라 그때 아일랜드 의회에서도 영국의 이 대중출병의 군사비를 부담할 것이야 아니할 것이냐 하는 것을 토의하는 마당이 되었는데 그날은 결국 현재 중국에는 영국 인민은 많이 거주하는지 모르나 아일랜드 자유국 인민은 단지 7인만 거주한다. 즉 무용한 출병의 군사비를 지불할 필요가 없다고 만장일치로 부결이 되었다. 그날 내가 계상 방청석에 있으며 의석에서 소근 소근 하는 소리와 같이 그 많은 사람들이 나를 연해 주의하여 보면서 의원들이 의장을 부르며 연설할 때에도 맨 처음에 나의 좌석을 의미 있게 보고 연설을 했다. 나는 이 의회 장내의 주의 인물이 되었으나 그 태도가 조금도 없어 보임은 스스로 깨달을 만하다. 뒤에 비서관이 하는 말을 들으면 아일랜드 상원의원들은 그날 내가 간 것을 연륜 있는 중국 공사관 참사관쯤 되는 분이 일부러 영국출병 문제로 아일랜드의 공정한 여론을 듣고 저 의회에 찾아온 줄만 알고 그리하였다 한다. 그 뒤 상하 의원들과 회담할 기회가 있을 때 그분들이 「중국 사람이냐」고 묻길래 나는 솔직하게 중국인은 아니나 조선인으로 중국과 순치의 관계에 있다고 잘 설명하였더니 「그런가」 하며 대단히 기뻐하면서 지금 아일랜드는 신흥하는 중국국가에 많은 기대와 원조를 아끼지 않는다고 이야기한다. 그리고 또 조선 사정에 대하여 많이 알고 싶으니 귀국하거든 신문잡지와 서책을 많이 보내 달라고 비단 의원들뿐 아니라 각 대학과 재판소와 기타 단체에서 열구하기에 런던London에 와서 우선 본국 신문과 조선 사정집 등을 여러 곳에 보내어 주었다. 그리고 동아일보 사원의 명찰을 가지고 더블린에서는 제일 크다는 《인디펜던스》란 신문사를 방문하여 그곳 간부를 만나고 아일랜드의 현재와 과거에 대한 좋은 자료를 많이 얻었다.
수박 겉핥기래도 너무 어이가 없이 쓰고 싶은 말을 모두 빼어
버리게 되어 승승하기 짝이 없으므로 이따위 말을 자꾸 하기
죄송하고 부활하는 아일랜드의 사정을 이에 끝이고 이제는
세계 최대의 강국 영국으로 기행의 발길을 옮겼다.

강도 소동

나는 외지에 가면 의례히 그 도시의 지도를 먼저 사고 자석을
사서 차고 고국 사람부터 찾아간다. 지도는 시가의 교통상황
을 알려는 초래자의 용감한 마음이요, 자석은 영국같이 운무
가 많이 끼어 눈앞이 보이지 않는 곳에서는 밤이나 낮이나 간
에 동서남북의 방향을 알기 위함이요, 우리 형제를 찾음은 안
내를 청하기와 우리 사람의 사정을 알자는 까닭이다. 그래서
나는 더블린시에서 떠나 런던에 왔다가 즉시 아침 차를 타고
케임브리지Cambridge시에 이르렀다. 케임브리지 대학의 법과대
학에 있는 고구 박석윤 군을 선착으로 만나자는 까닭이다. 케
임브리지는 크더이다. 20여 만이 되는 시민들이 전부 대학 때
문에 살아가는 것 같다. 굉장한 대학 교사가 전 시를 덮고 있
는 속에 상인들은 그 주위를 둘러싸고 영업하여 가는 듯하다.

옥스포드 대학이나 이 케임브리지 대학이 모두 세계적으로 이름이 높은 것에는 틀림없으나 이렇게 건물이 높고 대규모일 줄은 몰랐다.

결국 그날 오후 4시 반 경에 박 군이 유학한다는 법과대학을 찾아갔다. 법과대학은 시가를 지나 교외라고 할 만한 먼 곳에 따로 떨어져 있는데 기숙사로 가니 미리 통기하여 두었으므로 있어 주어야 할 박 군이 없었다. 나는 지극히 실망하면서 일곱 시까지 그 대학 강당과 도서실도 돌아다니면서 고대하였다. 그러나 박 군은 여전히 오지 않았다.

그런데 큰일은 나는 오늘 밤 안으로 기어이 런던으로 돌아가야 함이었다. 그 까닭은 내일 아침 일찍이 《오사카매일신문》 특파원과 같이 나는 《동아일보》의 특파원 자격으로 《런던타임스》 신문사를 견학차 가기로 되어 타임스 신문사와 굳게 약속하여둔 터임으로 만사 불계하고 가야 하는 것이다. 런던 갈 막차 시간은 점점 박두하여 오는데 박 군만은 여전히 안 왔다. 나는 기다리다 못해 대학 구내를 뛰어나왔다. 어두컴컴한 거리에는 사람 하나 구경할 수 없고 가로의 전등 불빛도 사오 마장에 한 개씩 보일 뿐이다.

나는 런던으로 떠나기로 결심하였다. 그래서 정차장이 있을 방향을 향하여 두 주먹을 불끈 쥐고 달리기 시작하였다. 영국은 신사국인 까닭인지 일몰 후에는 행객이라고 없고 더구나 택시 같은 것도 없다. 그래서 별로 길도 보지 못하고 한참 오는데 웬 남녀 둘이 팔을 끼고 지나는 것이 보이더이다. 상필 약혼하였거나 그렇지 않으면 사랑을 속삭이는 청춘남녀 같으나 언제 남의 살피를 보고 앉았을 때 실례되는 줄을 알면서 그 앞에 가서 정차장 가는 길을 묻고 또 런던 가는 막차가 아직 있겠느냐 하는 것을 불쑥 물었다. 그랬더니 그 청년 신사는 지팡이 끝으로 이리이리 가다가 요리조리 빠지면 정차장이 나오는데 막차 시간이 얼마 남지 않아서 어떻게 되는지 크게 의문이라고 하더이다. 나는 예의를 차린 뒤 다시 두 주먹을 쥐고 마라톤을 시작하였다. 외투는 벗어서 한 손에 움켜쥐었다. 아마 조선 거리로 2, 3리나 왔을까 할 때 누가 뒤여서 「미스터!!」「미스터!」하고 목이 빠지게 부르면서 따라왔다. 나는 우뚝 섰다. 그 소리는 내가 달려온 곳으로부터 났다. 나는 가슴이 덜컥 내려앉았다. 미국에서는 무인지경에서 흔히 저렇게 따라와서는 권총으로 위협하면서 두 손을 들라 하고는 금품을 강탈하여 가는 도적이 많았으니까. 나는 이런 생각을 함에 섣불리 행동하다가는 목숨을 잃을까 겁이 나서 더 도망

할 기력이 없었다. 이러한 경우에 도망하면 흔히 총살을 당하는 터이니까. 실상 만리타국에서 이류도 모르게 강도에게 견사를 당하고야 어찌 분하여 혼이라도 고국에 돌아가겠는가.

나는 허리에 찬 돈 전대를 얼른 풀었다. 세계를 한번 보고 오자고 고국에서 사지를 12,000원에 팔아서 그동안 2,000여 원은 미국과 아일랜드에서 쓰고 1,000원은 미국에 떨어져 있는 딸 정숙에게 주고 아직 남은 현금 8,000여 원을 이 전대 속에 넣어 두었다. 은행에 맡기고 각국 곳곳에서 찾아 쓰고 싶었으나 그러자면 시끄러운 수속 등이 있어서 전부 100불 1,000불짜리의 고액의 지폐로 환하여 전대 속에 넣어 차고서 아무 데나 여행할 때에 꺼내 썼다.

따라오는 그 사람은 점점 가까워져 왔다. 나는 얼른 전대를 달달 말아서 오른손에 쥐었다. 만일 저쪽이 손을 들라고 위협하거든 드는 체하면서 그 전대를 얼른 곁에 풀밭 속에 던져버리려 하는 꾀 때문이었다. 그런데 점점 가까이 오는 사람을 보니 「미스터!」 「미스터!」 하든 그 사람은 다른 아무개도 아니고 아까 길을 가르쳐 주던 그 청년 신사였다. 그는 숨을 급하게 몰아쉬며 「지금 당신을 보내 놓고 나의 사랑하는 사람이 필연 당신이 외국 사람인 것 같은데 길 잃고 고생하는 모양이

니 어서 가서 도와주고 오라」 하기에 왔노라 하면서 자기가
먼저 앞장서서 주석주석 정거장 가는 길을 걸어주었다. 말만
들으면 이렇게 고마운 일이 어디 있겠는가. 그러나 어쩨 너무
도 기적 같아 나는 그 말을 믿지 못했다. 그래서 방심 못 하고
울며 겨자 먹기의 심리에 가깝게 그 뒤로 한참 따라가는데 얼
마 가다가 호수가 나오고 그 호수 그 가운데 조그마한 오솔길
이 보였다. 그 신사는 이 오솔길도 가면 매우 가까우니 그리
로 가자고 하였다. 나는 첫마디에 단연 거절하였다. 그 녀석
이 호수 중간쯤에 가서 나를 물에 탁 차 버릴는지 누가 압니
까. 다른 큰길로 가로 가자면 3, 4배 더 돌아간다는 간절한 그
의 설명도 모두 뿌리치고 나는 큰길을 걷기를 고집하였다. 그
도 마지못하여 내 뒤를 따라오더이다. 한참 만에 정거장에 도
착했다. 차 시간은 아직 남아있었다. 그 신사는 그제야 만족한
듯 자기는 애인이 지금 아까 그곳에서 기다리고 있어 돌아간
다 하며 가려고 했다. 그제야 나는 그 영국 신사의 진심을 깨
닫고 그를 강도로 의심한 제가 부끄러웠다. 우리는 끽토점에
서 차를 내어 마시고 여러 번 악수한 뒤 갈라졌다. 영국인 중
이런 분은 실로 정직 고결한 신사다. 이제는 저는 런던으로
간다. 맥도날드도 만나기로 했고 타임스 신문사로도 가보기

로 되었는데 나의 마음은 알 수 없는 항분을 느끼었다.

동서 12 제국을 보고 와서

나의 외유의 동기라든지 주요 목적은 여기서 말할 필요가 없겠다. 내가 처음 본국을 떠나기는 작년 5월 30일이다. 그러니까 달수로는 만 일 년이다. 날수로는 이십 일이 부족하다. 처음 일본으로 가서 6월 9일에 요코하마 항에서 일본 기선을 타고 떠났다. 하와이에서 약 2주일을 묵고 다시 미국 기선으로 미국 본주로 건너갔다. 서부 제주를 보고 남쪽으로 갔다가 워싱턴, 뉴욕시를 보고 대서양을 건너 영국으로 갔다. 아일랜드에 갔다가 다시 영국으로 와서 여러 도시를 구경하고 다음 네덜란드를 거쳐 벨기에에 가서 약소민족 회의를 보고 프랑스로 스위스로 오스트리아로 독일로 폴란드로 러시아에 와서 약 50일을 머물다가 중국을 거쳐 지난 5월 10일에 들어왔다. 그러니까 다닌 나라 수는 12개국인가 보다. 유감은 멕시코를 못 본 것과 덴마크와 노르웨이를 못 본 것과 이탈리아 및 구주 대전 후 새로 일어난 제국을 못 본 것이 유감이다. 여비는 정숙이가 쓴 것까지 약 일만 이천 원가량이나 들었다. 정숙이는 지금껏 미국에 있다.

외국에 대한 정치적 형편이나 경제 방면이나 사상 경향 등은 여기서 말을 한 대도 취급하기가 곤란할 것이다. 다만 내가 다니며 보고 들은 중에서 제일 경탄 되는 것과 또는 외국에 나가 계신 우리 동포들의 소식을 이야기하자면 내가 외국에서 제일 경탄한 것은 다른 무엇보다도 기계공업이었다. 미국이나 독일 같은 데서는 참말 놀랐다. 어쩌면 화학적, 전력적, 기계공업이 그렇게 발달되었는가. 그 세계적 대 기계공장을 보고는 누구나 경탄을 아니 할 수 없다. 보고도 알지 못하겠고 알고도 말하기가 어렵다.

여행 중에 별로 곤란한 일은 없었다. 도처에 우리나라 동포가 있어서 퍽 편리했고 또한 영어로 물 달라 밥 달라 소리하니까 그다지 곤란이 없었다. 그중에 제일 곤란했던 것은 러시아국경 넘기와 나오기였다. 어찌도 조사가 심하든지.

미국에 있는 우리 동포는 약 만 명가량이나 된다. 하와이에 약 7천 명 본주에 약 3천 명이나 된다는데 그중 중학 이상 학생이, 약 4백 명이나 된다. 그리고 본주에 있는 동포 중에는 상당한 학자도 있고 상당한 상업가도 많다. 그중에 성천 출생인 김계봉 씨 같은 이는 세균학자로 아주 유명하여 미주 의학계에 명성이 자자한데 하기나 동기간에는 각처로 불려 다니며 강연하기에 분몰 하다 한다. 그리고 개성사람 안응규 같은 이는 하와이에서 장유회사를 대규모로 하는데 자본이 약 4~5만 원이고 전 미주에 아니 수용되는 데가 없다 한다. 충청도 사람 안정수 같은 이는 뉴욕에서 약 10만 원 자본으로 향제회사를 굉장히 하고 이진일 씨는 동양물산 무역상을 굉장히 크게 한다. 그리고 최진하, 유양필 같은 이도 무역상을 대규모로 한다. 그리고 김경, 강영소 같은 이는 시카고에서 요리 업을 대규모로 하고 곽태은 같은 이는 지나 요리원료 제조를 크게 한다. 그리고 미주에 있는 동포들의 일반 생활 상태도 퍽 좋다. 그곳은 재원이 풍부할 뿐 아니라 노동을 신성시하는 나라이니까 대개 노동을 하면서도 생활 안정은 다 되어 있다.

내가 미국에 처음 갔을 때는 비관과 낙망이 퍽 많았다. 「남들은 이렇게 하고 사는데 우리는……」하고 비관이 몹시도 생겼다. 그러나 이것이 소용이 있는가. 억지로 참으며 용기를 진작해 가지고 미주를 얼핏 보고 구주로 건너갔다. 미주에서는 상당한 정치가도 많이 만나보고 학자도 많이 보았다. 거북한 질문도 많이 받아 보았고 무서운 이야기도 많이 들었다.

생활 정도가 어찌도 높은지 하룻밤 숙박에 최하로 6~7원이 든다. 처음은 어떤 친구의 소개로 멋모르고 고등여관에 들렀는데 하룻밤 숙박에 18원이나 내어 보았다. 그리고 미주에서는 법령으로 금주를 해서 그런지 술 취한 사람이란 하나도 못 보았다. 혹 비밀로 먹는데 대개는 약품으로 제조해 먹는다 한다. 미국 사람이란 대개 정직하면서도 과장성이 많다. 그리고 퍽 친절하다. 길을 물으면 4~5정쯤은 대개 인도를 해주는 게 보통이다.

대서양 건널 때에도 아는 동무는 없었다. 영국 풍속을 알기 위하여 영국 배를 탔는데 그다지 고적하지는 않았다. 영국에는 우리나라 유학생이 약 9명이나 있는데 그중에 공탁 같은 이가 인망이 많다.

영국의 모든 상공업적 시설이야 어떻게 말을 다 할까. 참 굉장했다. 영국은 정부로나 외교적으로 보면 세계에서 인심을 잃었다 하겠지만 개인으로 보면 퍽 정직하고 친절하다. 아이구 그 대공장이라든지 대 신문사라든지 무선 전신국 같은 것을 어떻게 말을 다 할까. 글쎄 무선 전신으로 사진이 오고 간다.

벨기에는 작은 나라지만 꽤 재미있게 살고 프랑스에는 우리 동포가 약 37~38명인데 그중 학생이 20명이나 된다고 한다. 그 나라 사람은 대개 활발하니만치 교활하고 또 치사가 많다.

스위스는 경치로 참말 유명하다.

독일은 듣던 바와 같이 모든 것이 규모적이다. 독일사람 같이 정직하고 진취성 많은 민족은 세계에 다시없을 것이다. 그 나라 사람들은 무엇이든지 한다고 하면 못함이 없다 한다. 여하간 길거리에서 침 한 방울 담배 꽁다리 하나를 보지 못했다. 그리고 시가 정돈이나 산림의 무성함이 참말 놀랐다. 그 나라에는 우리나라 학생이 약 37~38명이나 된다. 그런데 어디를 가든지 제일 기쁘고 반가운 것은 우리나라 동포들의 상당한 인격과 또 대우였다. 우리나라 사람이 대개가 선천적으로 두뇌가 명석하지만, 구미에서도 모두 다 성적이 우승하여 상당한 대우를 받고 있었다. 참말 기뻤다.

폴란드에는 우리나라 사람이 단 한 분이 계신데 의업으로 썩 잘 산다. 함경도 출생으로 유초시라고 하는데 러시아 부인을 데리고 산다. 폴란드는 신흥국이니 만치 모든 것이 아직 볼만한 것은 없으나 과거의 관계로 독일 및 러시아에 대한 감정은 여전했다.

김용조 . 어선 . 1938

박승철

독일 가는 길에

박승철

1897~?

독립운동가

경기도 연천에서 농민을 도우며 살았고, 연천 자치위원장을 지냈으며
현재의 한국전력과 같은 남선전기의 사장으로 재직했다. 일제강점기 국
내외 각 방면에서 독립운동을 했으며, 1950년 전쟁 중 납북되었다.

1월 8일 일본 우선 길야환으로 편승하고 그럭저럭 싱가포르 Singapore까지 왔다. 떠날 적에는 승객들의 송별인으로 해서 부두가 대성황을 이루었다. 길야환으로 말하면 일본 우편선으로 구주에 항해하는 것으로서는 제1류라 한다. 자양톤유가 1만 톤이나 되고 일 항로에 경비가 30만 원이나 되며 선내 설비로 말해도 유희실, 연방, 제영실, 식당, 의국, 세탁점, 목욕점, 주점, 이발점 등 모든 것이 구비하여 선객의 불편이 하나도 없다. 승객과 선원을 합하여 식구가 7백여 명의 한 촌락을 이뤘다. 그러므로 매일 무슨 사건이 아니 생기는 날이 별로 없이 사건만 생기면 곧 연방에서 화제가 되고, 그 풍문과 여론은 즉시 각 객실에 전파되어 모르는 사람이 없다. 어쨌든 구미 열국인과 동양인 중에도 일본인이 최다수지만 중국인까지 늘어서 거의 세계 각국인을 망라한 대 단체인 까닭이다. 나는 갑판 위에서 각국 아동들이 자국어를 말하면서 노는 것을 가장 흥미 있게 보고 지냈다.

출발지서 출범해 뢰호내해를 지날 적에는 다행히 일기가 좋아서 연안의 경치를 재미있게 보았다. 뢰호내해는 경치 좋기로 이르는 곳이요, 또 일본 역사상의 유명한 곳이다. 참으로 좋다. 화폭을 펴 놓은 것 같다. 육지로는 근 20차 왕래하였지마는 배로는 처음이다. 평시에 마음에 있던 것을 이제야 성취하였다. 다음날 문사 와서 이틀 밤이나 지내고 상해를 향하여 출범하였다. 이때 것은 배 탄 것 같지 않더니 문사를 떠나서부터는 동양 천지를 떠나는 것 같다. 눈에 익은 일본을 뒤로 두고 눈 서투른 타지로 가는 까닭이다. 3주 밤 만에 상해에 왔다. 말과 글로 듣고 읽은 곳이라 얼마쯤 반갑기는 하나 언어가 불통함으로 그리 흥미는 없었다. 그러나 모든 것이 서양식으로 일본 가옥을 보든 눈으로 보니 매우 웅장히 보였다. 우선 운두가 옅은 인력차를 타고 필담으로 내가 마음에 정한 여관으로 가자 하였으나 차부는 문자를 몰라서 주저함으로 별수 없이 얼굴이 검고 키가 훨씬 큰 인도인 순사에게 내가 가고자 하는 여관을 영어로 물었더니 그 순사가 중국말로 차부에게 일러주었다. 다행히 여관에 들어 즉시 편지를 써서 모우을 청하여 야심 후 동경 유학 시 친우이든 모우를 찾아 중국 요리점에 올라 비로소 중국식 요리를 먹었다.

중국인 시가지는 별거 없이 경성 홍살문 안을 대규모로 확대한 것에 불과하다. 내가 투숙한 여사를 말하면 중국인이 경영하는 서양식 호텔이라 하는데 참으로 전동여관이나 호해여관에 비할 것이 아니었다. 모든 설비와 경영 방법이 중국인 경영여관으로는 참으로 일류의 자격이 있다. 숙객도 중국인이 최다수고 요리도 양요리와 중국요리를 선택하게 한다. 친우 모 군과 여사에 돌아와서 수년간 이역에 작객하던 소경사를 들으니 모든 것이 감구의 회구가 일어난다. 새벽 3시까지 대화하다가 다음 날 아침 7시에 일어나서 부두로 나갔다. 중국의 빈민이 많은 것은 참으로 놀랐다. 도처에 걸인이요, 빈민이다. 모우는 중국은 거지 세계라고도 말했다. 가장 불쌍한 것은 중국인이라 아니 할 수 없다. 인도인 순사에게 몽둥이로 매맞는 것을 보면 이국인인 나로서도 분하더이다. 상해는 어떠한 방면으로 보아서는 망국인들이 대 활보하고 중국인을 압도한다. 그 중에도 우리 동포가 모두 곤궁히 지내는 것은 확실한 사실이며 사상이 좌경한 것도 역 사실이다. 이제는 상해야 잘 있거라 하고 홍콩으로 갔다.

3주 밤 만에 홍콩에 도착하니 런던이나 파리Paris를 축소해 놓은 것 같았다. 중국인 시가는 역 상해나 다름없이 점두에 팽저를 통으로 달아 놓고 조그마한 서당이 도처에 있었다. 빈민은 남녀 물론 하고 맨발로 다니며 아동을 노상에 유희하는 것은 보기도 싫고 위험하다. 자동차를 타고 시가를 일주하여보니 도로는 심산궁곡까지 콘크리트로 되었다. 자동차가 산로로 지날 적에는 활동사진에서 부는 대환극 같다. 산을 뭉기고 길을 내고 주가를 만들었다. 일본여관에 들어 점심을 먹으니 참으로 신선하더이다. 매일 3식을 서양요리로 육식만 하다가 담박한 일본요리를 먹으니 얼마쯤 입안이 가득하다. 오후에는 홍콩 명물인 산상 철도를 탔다. 타고 보니 경성에 있는 남산만 한 산을 곧장 나간다. 전기 기계로 철 동아줄을 전차 밑에 매여가지고 끌어 올리고 내려보내고 하더이다. 비스듬히 누워 올라가는 것 같으니까 좌우 변에 있는 집은 비스듬히 뒤로 누운 것 같다. 정점에 올라가 보니 인가가 즐비하고 안계가 광활하다. 이것이 시내 전차와 같이 산상에 인가가 있으니까 부설된 것이라 한다. 배에 돌아와서 석반을 파한 후 갑판에 올라 홍콩야경을 보았다. 이것이 불야성이 아니고 무엇이리까. 산상으로서부터 산하까지 전기 장식이다. 이것을 보니 대영제국의 위엄이 있는 듯하다.

익일 떠나 싱가포르로 향하니 갈수록 기후는 점점 더워서 홍콩서는 본국 5월 기후 같더니 이제는 5월이 지내여 6월이 된 것 같다. 일기가 장맛날 같아 울증 하기 짝이 없고 식당에는 선풍기의 바람이 없으면 식사를 못 할 지경이 되었다. 항해

중 선객 중에서 발광 자가 생기여 기관부에 뛰어 들어가서 파괴하려 하여 광인을 붙잡느라고 30여 명의 선원이 우중에 대활동을 하여 겨우 쇠 수갑을 채우고 대리를 묶어서 병원에 가두었다. 그 사람으로 말하면 영국인으로서 도중 여비가 부족하여 발광 되었다는 것이 일반 승객의 추측이다. 그러나 전도가 있는 청년으로서 가연한 일이라 하나이다. 유희실에는 축음기가 가장 사랑을 받고 음보 중에도 데모크라시 노래는 매일 수십 차씩 승객을 위안한다. 미구에 선원의 가장행렬이 있어 승객의 무료에 위안한다 하나 그것을 기다리며 싱가포르 가기 전에 일기가 이렇게 더워서 이 글을 쓰는데도 땀이 이렇게 흐르니 싱가포르를 가면 대단히 더울 것은 의심이 없다.

하룻밤 동안에 기후는 대단 변하였다. 적어도 한 달은 틀리는 것 같다. 아마 본국은 지금이 몹시 추운 겨울일 줄 안다. 그러나 이곳은 어찌 더운지 방에 선풍기가 있었지마는 썩 더웠다. 식전에 일어나는 길로 하복을 입고 모든 것을 본국 6월 전후로 짐작하고 지낸다. 식당에는 선풍기가 없으면 식사 못 할 것은 물론 선풍기 밑에서 아이스크림이나 냉 사이다가 아니면 양미를 맛볼 수 없고 또 한 가지는 갑판에 올라가서 홍콩서 3원 주고 산 장등교의에 누어서 짙은 남색의 바닷물을 바라보면서 담화하거나 혹은 도서관에서 빌려 온 책을 읽으면서 납량하는 수밖에 없다. 홍콩을 지나서는 참으로 대양에 나온 것 같다. 연파는 호탕하고 수천이 일색이다. 승객들은 구주 각국으로 가는 형형색색의 사람들이라 각각 목적하고 가는 토지의 이야기를 서로 교환하여 거의 문문은 세계적이다. 10여 일이나 양요리만 먹으니까 너무 느끼하여 통김치 먹고 싶은 생각은 간절하나 할 수 없이 먹고 지냈다. 처음에는 상당히 먹다가 요즘은 일기가 매우 더워 식량을 줄여서 매우 조심히 지냈다.

싱가포르에는 명일 도착한다는 데 금일은 작일보다 더 더워졌다. 정오가 되니까 한난계는 88도가 되었다. 끝이 아니 보이는 넓고 넓은 대양이지만 조금도 바람이 없다. 연통의 연기는 곧장 한울로 올라간다. 수면을 바라보면서 거울같이 보인다. 한갓 걱정이 점점 더워지는 것이다. 갑판 위에 올라 등교의에 누워서 독서하노라니 별안간 기적을 불며 야단법석이 나더니 선원이 동원이 되어 펌프질하며 보트를 내리고 야단이다. 물어보니 화재 구급 연습이라 한다. 홍콩을 떠난 후 4일 만에 육지를 보니 반갑기 한량없다. 그 중에도 까마귀 같은 새가 공중에 떠오는 것은 대단 반가웠다. 세상에는 못 먹어서 배가 고파하는 사람으로는 생각지 못할 일이 길야환에는 매일 3차씩 있다. 그것은 매일 다과며 육종으로만 각 3차씩 먹는 고로 식사 전후에는 갑판 위에서 일부러 먹은 것을 내리려 애쓰는 것이다. 금일도 가만히 앉아서 편지를 쓰려면 구슬땀이 흐른다. 잠시도 선풍기 없이는 못 견디겠다. 금일은 일요일이라 석반 후 영국 선교사의 강도와 9시에 음악회에 참여하였다. 그래서 1일을 유쾌한 중에도 더욱 유쾌히 지냈다.

어디를 가든지 여행권의 검사는 엄밀히 하며 그 외 선해 중에 우두를 넣고 말라리아 예방약까지 먹었다. 선해가 10여 일이 되니까 배 탄 것 같지도 않으며 금일은 해상이 어찌 정온한지 방 속에 앉아있는 것 같다.

금일 1월 23일 싱가포르에 도착하였다. 배 가장자리에는 얼굴 검은 말레이인들이 토막나무로 판 배를 타고 군집했다. 10전을 물속에 던지면 쫓아 들어가서 건진다. 곧 상륙하여 일행이 일본여관에 들었다. 여관에서 소식 후에 일행은 시가를 구경하기로 정하여 20 전차의 자동차는 위세 좋게 떠났다. 이곳도 서양인의 주택이며 도로는 홍콩이나 다름없고 중국인 시가도 역 상해나 홍콩이나 같다. 참으로 동병상련인지는 몰라도 중국인과 말레이인이 불쌍하다. 자동차는 길길이 솟은 야자수와 파초 나무 빗으로 혹은 고무나무 밑으로 지낼 적에 좌우편에는 단청을 곱게 하고 풀은 빛나는 주렴을 늘인 것은 썩 시원해 보이며 기화이초가 인목을 현황케 하며 식물원에 가보니 이름 모르는 붉고 누른 꽃이 원객을 반갑게 맞는 듯 고무원에 가보니 고무나무 밑동의 껍질을 벗기고, 약물 터에 물줄기 대듯 양철 조각을 꽂아 놓으면 우유 같은 것이 흘러나온다. 그것을 가지고 고무를 만든다. 그 길로 박물관에 가서 여러 가지 기풍이습의 유적을 보았다. 이곳 토인은 검기가 숯빛이다. 눈하고 입속에 흰 이(齒)만 번쩍인다. 노동자들은 웃통을 벗고 지낸다. 이곳은 삼복증염이다. 찌는 듯한 더위와 가끔 가끔은 실 같은 비가 하로도 몇 번씩 온다. 점심 후에는 바나나, 파인애플, 망고스틴 과실을 먹었다. 그 신선한 맛이야 이로다 형언할 수 없다. 오후에는 1등 대 2등선 봄의 급조 야구 경기가 있어서 재미있게 지냈다. 모든 것이 대영제국 금력과 무력을 말하는 것 같다. 이곳은 하물마차의가 없고 양두우차로 쓴다. 소뿔에는 홍색이나 청색을 칠하고 주석으로 장식하였다. 일본 속언에 자손이 귀하거든 여행시키라는 것은 유리한 말인 줄 안다.

페낭Pennang에서

싱가포르를 떠나서 말레이시아 페낭 오는 일주일은 서풍이 불어서 비교적 서늘하였다. 페낭은 그중 더운 곳이라 한다. 상륙하는 길로 2인승 인력차를 타고 일행은 일본여관으로 가서 대략 방침을 정하고 자동차를 몰아서 중국인의 극락사를 갔다. 도중에 자동차가 야자수의 십리장림을 지낼 적에는 더위를 잊었다. 그뿐 아니라 드문드문 쌍두우차에, 얼굴 검은 인도인이 보기 좋고 먹기에 맛있는 바나나를 몇 차씩 끌고 갈 적에는 그것이 그리 귀해 보이지 않았다. 이곳은 바나나뿐 아니라 이름 모르는 열대과실을 아까운 줄 모르고 마구 쓴다. 외로 말해도 사계절이 있지마는 외 넝쿨이 5, 6년이나 간다 한다.

그렁저렁 극락사에 왔다. 산문에서부터 돌층계를 모아서 산 중턱에 절을 지었다. 규모는 크지 못하나 단청한 것이라든가 구조가 우리나라 사찰과 별로 다름없다. 전각 뒤에 노대가 있어서 사다리를 빙빙 돌아 올라가면 넓이가 10칸이나 된다. 멀리는 인도양이 내다보이고 야자수가 그득 들어선 평야가 눈앞에 보이며 뒷산에는 역 열대식물이 빽빽하게 들어섰다. 이곳에서 나는 잠시라도 속계에 대한 생각을 잊고 무엇을 묵상하였다. 좌편 산언덕 밑에는 청계가 흐르고 그 옆에는 단청을 눈이 부시게 한 산정이며 산정 앞에는 금잔디가 깔리고 그 위에는 우양이 한가히 누워있는 것을 볼 적에는 우리와 같이 남선북마 하는 사람으로 일시라도 그 즐거움을 취하고자 생각이 없지 않았다. 모든 것이 동양 고유의 색채가 선명했다.

수도 수원지를 보았다. 나는 페낭의 수원지가 이상적이라 한다. 홍콩, 싱가포르의 수원지를 보았으나 페낭만은 못 했다. 이곳은 심산유곡에서 떨어져 내려오는 폭포 물을 모아서 수원지를 만들었다. 그래서 수면은 청정하다. 전후좌우는 열대식물이 울밀히 들어섰고 나무와 나무 새에서는 백운이 뭉게뭉게 올랐다. 나는 수원지 옆에 앉아서 사면을 자세히 보았다. 뜰 앞에는 청황적백의 꽃들이 만발하였고 고목 밑에는 웃통 벗은 인도인이 팔 베고 자는 것은 태평일민 같아 보이고 한편으로는 애석하다. 상천을 바라보며 희고 검은 구름은 뭉게뭉게 참으로 하운은 다기봉이라 하겠다. 여관에 돌아와서 일행은 야자수 그늘 밑에서 오찬을 같이 하고 장 뼘 한 뼘이 넘는 바나나를 먹었다. 아무리 시장할 때 먹어도 3, 4개 외에는 더 못 먹는다.

이곳에도 거리에 무슨 학교이니 하는 문패가 드문드문 있다.

실은 우리가 의미하는 학교가 아니요. 꼭 우리나라 서당이다. 선생이 아랫목에 앉고 아동들은 좌우로 늘어앉아서 책상에다가 책을 놓고 몸을 끄덕거리면서 소리 높여 낭독한다.

석양을 등지고 배에 돌아와서 목욕하고 나니 정신이 또렷해지며 멀리 동천을 향하여 고토를 생각하였다. 가장 알아보기 어려운 것은 인도인이다. 얼굴이 모두 검고 거의 똑같아서 어디를 가보던지 그 사람이 그 사람 같았다. 나도 매일 얼굴이 검어진다. 이대로 가면 불과 며칠에 인도인과 같이 되겠다. 배 속에서는 매 일요일마다 25년간이나 헌신적으로 일본서 전도하든 영국인 선교사의 강도가 있다. 나도 참여하였지마는 최다수가 서양인이며 일본인은 4, 5인에 불과했다. 그러나 불교 강도가 있을 때는 일본인이 다수히 오지만은 그 중에도 승객 외에 선원까지 온다. 나는 이것을 볼 때는 영국인 선교사 노부부를 무한한 의미로서 본다. 나는 본래가 소설을 탐독해 본 일이 없다. 읽었다 해도 몇 권 못 된다. 동경 유학 시대에도 번역 소설에는 흥미가 없었다. 그러나 이번 항해 중같이 비교적 단시일에 소설을 여러 권 읽고, 또 흥미 있는 때는 없다. 불철주야였다. 앞으로도 나의 정과 외에 소설을 많이 읽으려 하거니와 이때껏 읽은 중에는 좌등홍록이 지은 『미소』가 가장 흥미 있고 공오된 점이 있었다. 갑판 위에 올라 등교의에 누워서 거울같이 평온한 인도양을 바라보면서 소설을 읽는 것은 유일의 취미이다. 그 외에 날치가 2, 3칸씩 날아다니는 것은 점을 꾹꾹 찍는 것 같다.

오늘 밤은 27일 음력으로 제석이요, 명일이 신년이다. 배에서는 음력은커녕 양력도 여간 주의하지 않으면 모른다. 그러나 일전 페낭에 상륙하였을 때 알았다. 본국서는 흰 떡 치고 지짐질하며 아이들은 때때옷을 기다리고 오늘 밤을 기쁨으로 지낼 줄 안다. 배 속은 딴 세계다. 육지의 일은 중대한 사건 정도를 무선 전신으로써 간단히 알 뿐이다. 일망무제한 대해 중에서 어찌 육지 일을 자세히 알 수 있을까. 육지 일은 그렇다 하려니와 며칠에 한 번씩이라도 다른 배를 만나는 것은 일동에게 대한 대단한 기쁨이며 낙조가 무엇이라 형언할 수 없이 좋다. 회화에 어떻게 묘기가 있다 하더라도 그 황홀 찬란한 것은 그리지 못할 줄 안다. 배는 이제로부터 서편으로 서편으로 향하여 간다.

금일은 음력 원조다. 모든 것이 다름없으나 어젯밤부터 풍랑이 있더니 새벽부터는 풍우가 매우 세다. 승객의 대부분이 뱃멀미를 하고 야단이다. 그러나 나와 소수의 승객은 태평하여 모두가 부러워했다. 밤이 되더니 풍우뿐 아니라 번개와 천둥이 지독하다. 번개가 번쩍할 때에는 바다가 백주 같다. 나도 매우 조심하여 석반도 조금 먹었다. 석반 후에는 선원의 연예회가 있었다. 회장에 들어가 보니 출석자가 전번 음악회에 비하여 대단 소수이다. 재담과 간단한 연극과 마술이 있었다. 회장 속에 들어앉으니 바깥일은 캄캄하다. 회중이 박수와 소성으로 환희를 말할 뿐이다. 11시쯤 밖에 나오니 풍우가 더욱 심하여 풍랑이 맹렬히 배에 와서 부딪쳤다. 싱가포르에서 탄 30여 명의 인도인은 비가 오니까 갑판 밑에 있는 의지간에서 우줄우줄 서서 비 그치기만 기다린다. 우선 회사에서는 인도인에게 일 인당 35원씩 받고 싱가포르에서 콜롬보Colombo까지 태우기로 하였으나 선실에는 태우지 않고 갑판에다가 차일을 치고 그곳에서 한둔하게 했다. 그 이유는 인도인들은 타인이 만든 음식은 잘 먹지 않을뿐더러 육식을 안 하고 별로이 식료품을 휴대함으로 실내가 부정하다는 이유이다. 그들은 음식은 손으로 꾹꾹 쥐어 먹는다. 선원의 말이 우선 회사에서는 30명에 대하여 천여 원의 운송료를 받고 다른 짐보다 인부가 안 드는 경편한 짐을 실었다 한다.

1월 30일 밤 콜롬보에 왔다. 콜롬보는 스리랑카에 재한 항구이다. 도착 전부터 캔디Kandy에 가기로 정하였다. 캔디에는 석가모니불의 치아를 봉안해 둔 사찰이 있다. 그러므로 콜롬보에 와서 캔디를 못 가보면 콜롬보에 온 보람이 없다. 그러나 배가 밤에 도착해서 예약인원이 줄었다. 할 수 없이 6인이 상륙하기로 결정하고 소증기선에 탔다. 1만 톤이나 되는 배에 탔다가 소증기선에 옮겨 타니 일엽편주 같았다. 9시에 일행은 자동차 한 채에 타고 캔디를 향하여 떠났다. 캔디는 콜롬보서 75마일, 경성서 천안역 가는 거리 정도다. 야심 후에 신지에 다 올 것은 예측하고 떠났다. 컴컴한 밤중에 자동차는 탄탄대로로 몰아간다. 사면이 보이지 않으나 간간이 인도인이 횃불을 켜 지내는 것이며 그 외에 반딧불이 반짝거리고 여름밤에 흔히 듣는 벌레 소리가 어지러이 들릴 뿐이다.

장산을 두 곳이나 넘어서 12시 반에 간신히 캔디에 도착하니 야광에 보나마 시가가 꽤 은성하다. 여왕 호텔에 들어서 하룻밤을 지내기로 하였다. 다음 날 아침은 일찍 일어났다. 7시 20분에 호텔을 나서서 도보로 석가불의 치아를 봉안했다는 절에 가 보았다. 모든 것이 인도식이고 천 년 전에 조각한 석주가 있으며. 그 외 기둥은 모두 조각이 되어 있고, 규모는 굉대치 못하나 순 인도식으로 가장 가치 있어 보인다. 승려들은 황색과 홍색의 가사를 입었다.

자동차를 돌려서 내려오는 길에 공원을 보았다. 모두가 인조가 아니요, 자연 그대로다. 나뭇가지에 박쥐가 매달려 있는 곳도 있고 이름 모르는 기형의 고목이 무수히 있다. 어젯밤에는 밤이어서 몰랐더니 낮에 보니 험로이요, 좌우가 층암절벽이 많으며 바나나 나무와 야자나무가 가득 들어서 있다. 어젯밤에 해발 1,200 영척이나 되는 곳에 올라온 것이다. 도중에서 나뭇가지에 200여 개나 더덕더덕 달린 바나나를 사서 차에서 먹으면서 자동차를 몰아오니 참으로 인도에 온 것 같았다. 더욱 왕왕이 집채만 한 코끼리를 타고 지나가는 것을 만날 적에는 더욱 흥미가 생겼다.

이곳은 1년에 추수를 두 번씩 하는 곳이 되어 지금이 한창 바쁜 추수 때다. 오후에 본선에 돌아와서 피서토를 향하여 출범하였다. 이곳이 꼭 수로로 절반이며 피서토까지 12일간은 육지를 보지 못하고 소사 운하를 지나서 비로소 구라파 지역에 들어가게 된다.

저번 콜롬보에서 캔디에 갔을 적에 석가모니불의 치아를 봉안해 둔 절에서 스리랑카 왕의 항재소를 보았다. 그것은 넓은 의지간에 돌로 바닥을 깔고 기둥을 조각하였다. 정면에는 옥

좌가 있고 그 앞에는 사선상 같은 것이 놓여있다. 안내인에게 물으니 스리랑카 왕국 시대에는 왕이 친행하여 인민을 재판하였다 하며 지금도 영국 관헌이 그 형식대로 재판한다고 한다. 그날도 재판일이라 하나 전도가 총총해서 그냥 떠났다. 이것이 비록 세소한 일이라 할지 모르나, 대영제국이 이민족을 통치함에 어떻게 고심하는지를 찰지하겠다. 대영제국이 금력으로나 무력으로나 스리랑카 도민을 일시적 압박하기는 여반장이나 이민족 통치에 경험과 재기가 있음으로 기독교국으로서 불교사찰에서 재판을 행함은 실로 영국이 스리랑카인의 관습을 존중함에서 유출한 것이다. 이와 같이 이민족 통치가 지난한 것이다.

콜롬보를 떠난 이후에는 연일 일기가 서늘하다. 이것은 서풍이 불기도 하거니와 이곳은 지금이 동절이라 한다. 그러나 평균 온도는 화씨 82~83도가량이다. 갑판 위에다가 십여 명이 용신할 만한 수영장을 만들었다. 남자며 여자며 아동들이 일정한 시간에 수영을 연습하게 되었다. 수영은 할 줄 모르나 구경만 해도 퍽 유쾌하다.

금일도 전과 같이 식전에 연방에 올라갔다. 게시판에는 운동회 광고도 있고, 그 옆에는 어젯밤 삼등 선객 포르투갈인이 급병으로 이 세상을 영결하였다는 것과 금일 오후 5시에 장례식을 거행한다는 것이다. 나는 깜짝 놀랐다. 이구동성으로 불쌍하다고 한다. 나는 장례 지낸다는 것을 선원에게 물었다. 배 속에서 장례는 만국 공통의 수장이라 하였다. 오후 5시가 되었다. 인도양은 오대양 중의 가장 깊은 곳, 그 중에도 배가 지금 속력을 줄인 이곳은 더욱 깊은 곳이다. 일만 이천여 척이나 된다 한다. 선미에는 적기가 날리고 적종 소리는 침중한 것 같다. 갑판 위에는 비계를 매고 백 포를 덮어 놓았다. 1, 2, 3등 선객은 전부 모였다. 미구에 시체는 큰 자루 속에 넣고 가라앉게 하느라고 철편을 전후좌우에 넣었다. 그 위에는 포르투갈 국기를 덮었다. 그 뒤에는 상당한 예복을 입은 선장 이하 일반 선원과 가톨릭교 성직자도 따라왔다. 시체가 서서히 중인의 앞을 지날 적에는 모두가 슬픔을 표하였다. 시체가 비계 위에 놓여 성경낭독과 기도가 있은 후 선장의 적사가 끝나자마자 시체는 푸르고 푸른 깊고 깊은 인도양 물속에 풍덩 하고 들어갔다. 인도양 물속에는 무슨 신비나 감추어 있는 것 같고 서천에는 낙조 하는 때라, 노을이 붉게 든 것은 무슨 적의를 표하는 것 같았다. 인명이라는 것은 가장 믿지 못할 것이라는 것은 누구든지 다 말하는 것이지마는, 금일 이 장례식을 보고 통절히 느꼈다. 장부로 나서 이부자리에서 죽음을 맞이하는 게 최고의 이상이 아니겠지만 천애만리의 고객으로 배 속에서 최종을 마치고 그 시체를 수중에 장사지내게 되는 것은 가장 무의미하고도 슬픈 일이다. 고국에서 그의 부형과 모든 가족이며 붕우들이 손을 꼽아가면서 기다리는 것을 생각하면 그는 눈을 감지 못하고 가슴을 쥐고 이 세상을 떠났을 줄 안다. 상당한 사령에 이르러서 죽는 것은 그리 원통한 도수가 만치 못하지마는, 원기 왕성한 청춘시대에 많은 포부와 경륜을 품고 죽는 것처럼 지극히 통분할 것도 없다. 그러므로 우리는 사인 방어책으로 신체를 지중히 하여야 한다. 더구나 외지에 있는 우리는 쓸데없는 정력 소비를 삼가야 할 것이다. 구라파 가기 전에 배 속에서 듣기에도 상상 이상의 암흑 면이 넓고 많은 유혹이 구라파대륙에 있는 것 같다. 외지에 있는 우리뿐 아니라, 누구든지 그 수명을 단축하게 하는 것은 신체를 허약하게 하는 데 있고 신체를 허약게 하는 것은 무용의 정력을 낭비하는 데 있다.

그저께 2월 5일은 운동회 일이었다. 모든 준비가 대개 준비되었다. 6, 7, 9의 3일간은 기다리고 기다리던 운동회다. 아침부터 갑판에는 오색이 영롱한 기를 달고 모든 설비에 분망하였

다. 여러 가지 재미있는 경기로 매일 유쾌히 지냈다. 그 중에
도 여자들의 경기는 대단 민첩하며, 중인환시 중에 수영복 입
은 여자들의 수영경기는 일반 군중의 환영을 받았으며, 특히
우리 동양인의 안목으로 보기는 놀랐다.

홍해에 들어서서는 조금조금한 도서들이 무수히 있다. 하릴
없는 어린아이의 장난 같았다. 모두가 암석으로 되었고 그 중
에도 일본의 후지산 같은 것도 있다. 점점 중간에 들어와서는
수면은 잠잠하다. 출발지를 떠난 지 삼십 여일에 이런 광경은
처음 보았다. 망망한 대해는 대접에 물 담아 놓은 것 같다. 간
간이 바람이 소르르 불면 물결이 출렁거리는 것은 비단을 필
필이 풀어 놓은 위에 춘풍이 태탕히 부는 것 같다. 이것이 곧
금파다. 배의 프로펠러 돌아가는 소리에 놀라 달아나는 것은
절구 공만 한 생선이 수백 마리씩 떼를 지어 펄떡거렸다. 손
을 내밀면 곧 잡힐 듯하고 까치만 한 새들이 떼를 지어 수면
으로 포르르 날아가는 것 또한 해상생활의 무료를 잊게 한다.
2월 11일 역시 조선에 갑판에 올라가 보니 밤사이에 좌우가
아라비아와 이집트 양 대륙이다. 좌우를 건너보니 사산이 아
니면 사막이다. 배의 환경만 변했을 뿐 아니라 기후도 변하였
다. 작일까지도 하복을 입었는데 금일부터 동복을 입는다. 오

후 5시경에 소사 운하에 도착하였다. 소사 운하는 경제상으로 중요한 의의가 있는 것은 물론 각 방면으로 구라파 인에게 유익을 주었다. 역사상으로 보아도 소사 운하가 있음으로써 여러 가지 변화가 생기게 되었다. 이 운하의 연장은 84마일 수심의 얕은 곳은 130척밖에 아니 되고 넓히는 경성 한강의 반이 못 된다. 길야환의 통과세는 5만여 원을 지불하였다 한다. 그래도 1만 톤이나 되는 길야환이 통과되는 것은 물론이고 수만 톤의 군함이 무난히 통과된다. 중간에는 배와 배가 서로 만날 적에는 구라파에서 오는 배는 비켜서서 기다리도록 만들었다. 밤이 되어 운하의 사면은 적적하다. 상천을 쳐다보니 둥근 달과 모래 깔아 놓은 듯한 별뿐이며 하지를 내려다보니 광막한 사막에 월색이 가득 찼다. 생각건대 본국은 백설이 편편이 날리며, 혹한이 살을 베는 듯하다. 운하의 물은 잠잠하여 배가는 소리만 들리고 간간이 달빛과 불빛에 고기가 놀라 뛴다. 정히 이때가 7시다. 본국으로 말하면 새벽 2시나 되니 아무리 번화한 집 등이 많은 서울이라도 잠자는 콧소리가 높을 것이다. 좌우 양안은 터키와 이집트의 양대륙이며 안력이 부족하여 보이지 않는 평원광야의 사막이다. 풀 한 포기 없고 인축이 도시 없다. 만일 폭풍만 있으면 배는 황진으로 덮인다고 하나 다행히 바람은 없었다. 좌측에는 철도가 깔리고 간간이 정차장이 있어서 계견의 소리를 듣겠다. 소사 운하를 지나오면서도 생각하니 이집트의 왕성 카이로Cairo에 못 간 것이 이번 길에 한이다. 이집트는 태고 문명의 발상지의 하나이요, 카이로는 그 정화를 모아 놓은 곳이다. 그 중에도 금자탑과 피라미드를 보고 싶은 생각이 있어서 소사 운하 오기 전에 그 계획으로 교섭하였으나 시간이 없어서 중지하였다. 소사 운하에서 기차로 5시간이나 되며 포트사이드PortSaid까지는 6시간이나 된다. 소사에서 하선하여 카이로를 구경하고 포트사이드에 와서 배를 다시 타려 하였다.

다음 날 아침에 포트사이드에 도착하였다. 해안에는 소사 운하 개통자 레셉스Ferdinand Marie de Lesseps의 동상이 엄연히 섰다. 소사 운하는 지금 영국이 관리하지마는 당초 이집트 왕이 계획하다가 중지하고 나폴레옹 대제Napoléon le Grand가 역 유의하고 기사를 파견하였다가 역 중지하고 다시 나폴레옹 3세가 비로소 착수하여 된 것이며, 포트사이드의 명칭은 당시 레셉스에게 허가를 한 이집트 태수의 이름으로 이 항구의 명칭을 만들었다. 이곳은 별로 명승지도 없고 인구가 불과 4만이다. 이상한 것은 이집트 여자들이 코에는 금이나 두석으로 장식을 하고 흑색 보자기를 뒤집어쓰고 다니는 것이외다. 코의 장식이 기혼 여자의 표적이라 하다.

이곳에 와서 동경 유학 시대의 학우로서 선행한 김준연 군의 간절한 편지를 받았다. 1월 10일에 부친 편지가 이곳에 와서 1개월을 기다렸다. 그 편지의 내용은 홍해의 더위에 잘 왔느냐고 하는 것과 마르세유 내리거든 전보하라는 것과 파리Paris를 다녀오되 파리 가거든 자동차를 타고 국제여관에 들면 그 주인이 영어와 일어를 함으로 편리하다는 것과 또 자기의 동창인 일본인 소정곡 씨를 찾아서 부탁하면 만사가 편리하다는 것과 파리서 떠날 적에는 자기에게 와 이성용 씨에도 타전하라는 것과 지금 조선 학생이 도합 16인이라는 것과 독일 물가가 극히 저렴하다는 것이다.

프랑스 마르세유Marseille로

배가 포트사이드를 떠났다. 그때부터 동요가 생기더니 야심해지면서 더욱 심하며 익조까지도 일양이다. 선객의 거의 전부가 수질을 하게 되었다. 이제로부터 마르세유까지 5일 걸린다. 고대 무역항으로 유명한 알렉산드리아 항과 이집트인의 천사 품인 나일강을 멀리 바라보았다.

지중해는 구주 문명의 연원이다. 역사적으로는 바빌론과 아시리아며 이집트 희랍 로마의 번영을 만들었고 중고 이후로 현재 열국의 은성을 이루었다. 구라파에 지중해가 없었다면 구라파의 금일은 참으로 의문일 것이다. 즉 구라파인의 모든 활동의 중심점은 지중해다. 좌우 연안에 있던 것은 문명의 천역와 방국의 흥망이 눈앞에 주마등 같다. 지중해 입구에 크레타Creta섬 장산 절정에는 적설이 그저 녹지 않고 있어서 처음 구라파 천지에 발을 들여놓는 여객으로는 치위를 생각하게 한다. 우리가 구라파 지도를 펴 놓고 보면 지중해에 돌출한 장화형의 이탈리아 반도를 볼 것이다. 이 장화형의 바닥인 연안을 지낼 적에 산야를 건너보니 모두가 푸릇푸릇하고 촌락이 드문드문 있으며, 연안에는 부절히 기차가 다닌다. 십여 일간 이러한 수목을 못 보다가 처음으로 남구의 풍광에 접촉하자 수목을 보니 참으로 반갑다. 풍경 좋기로 유명한 시칠리아Sicily와 이탈리아 최말단으로 된 미시나 해협을 지낼 적에는 밤이 되어서 좌우 양안의 시가에 전등은 실로 불야성을 이뤄서 야성이 극가하다. 이것을 보니 구라파인의 은성을 알겠다.

이탈리아에 화산이 많은 것은 서책으로 알았거니와 이번에 실물을 보니 참으로 기이한 것이다. 스트롬볼리Stromboli volcano

섬에 있는 삼천 영척이나 되는 화산에서 지금도 성대히 화염
을 내뿜는다. 화광이 충천하여 불길이 길길이 올라가는 것이
보이며 화광이 수면에 비춘다. 참으로 일대 장관이다. 이것이
항해자들이 말하는 지중해의 천연 등대라는 것이다. 사르데
냐섬과 코르시카섬으로 된 해협을 지내면서 좌우를 건너다보
니 참으로 고사가 생각된다. 이탈리아의 수국자 카부르Camillo
Cavour의 출생지가 사르데냐섬이며, 나폴레옹 대제의 출생지가
코르시카섬이나 금일은 사람이 없는 것같이 조용하다. 물론
주민이야 있지만 한번 인걸이 난 후로는 다시 인걸이 없었다.
그저 영웅 열사를 조상하면서 마르세유에 왔다. 마르세유는
원래 희랍인이 창설한 것으로서 로마에 정복되었다가 서역
15세기경에 프랑스령이 된 것이다. 출발지를 떠난 지 꼭 40일
에 일로 평안히 왔으며 선원의 말에 이번 항해가 비교적 평온
하였다. 마르세유에서 하룻밤을 지내고 파리 가서 4, 5일 유
연하다가 벨기에를 지나서 베를린Berlin으로 간다.

베를린에서

2월 회일에 베를린에 도착하여 지금 3월 7일 베를린서 급행
열차로 약 50분이나 되는 표기 처에 있다. 본국 학생은 베를

린에 14인, 포츠담에 5인, 남독일 13인, 합계 32인이다. 독일 물가는 대단히 저렴하다. 학생 생활로는 매일 60원만 있으면 넉넉하다. 방세가 객실과 침실의 2칸을 쓰고도 매월 3원, 식가 25, 26원, 기타는 일용이니 양복도 30원이면 입을만하고 양화는 1원 70, 80전으로 8, 9원이다. 파리 구경과 베를린 상황은 종후 기송하겠다.

파리 가는 길

2월 8일 출발해서 38일 만에 프랑스 마르세유 항에 도착하여 비로소 구주 대도시를 보게 되었다. 이 항구는 프랑스 제1의 무역항이다. 높고 큰 건물들이 운소에 솟았고, 시가는 즐비하나 개항지의 색채가 농후하다. 해안 근처에는 예수교 성모의 동상이 중천에 높았고, 그곳을 올라가는 데는 홍콩서 보던 것과 비슷한 등산철도라 할까, 절벽을 올라가는 전차가 있다. 그곳까지 올라가 보면 마리아의 동상은 금색이 찬연하며 시가와 항구며 소설 암굴왕(몬테크리스토 백작)으로서 유명한 샤토 디프Château d'If 감옥이 눈앞에 보이더이다. 하룻밤을 지내고 파리로 가게 되었다.

마르세유에서 상륙할 때에 자기 처자를 맞으러 나온 동양인 모 씨를 만나서 동행하기로 되어 매사가 대단 편리하게 되었으며 모든 것을 그이의 지도로 하였다. 일행이 그럭저럭 5, 6인 되었다. 차를 탄 지 두 시간 만에 아비뇽Avignon이라는 곳을 지나더이다. 이곳은 서역 14세기경에 기독교도의 분쟁으로 일시 법황이 분립하던 곳이다. 지금 보면 일개 한산한 촌락에 불과하며 사원은 고색이 창연할 뿐이다. 그곳에서 6시간 가면 프랑스의 상업지로서 유명할 뿐 아니라 견포의 산지로서 세계에 이름이 높은 리옹Lyon이라는 곳이더이다. 그곳에서 내려서 하룻밤을 지내기로 하였다. 밤중에 내렸으므로 그날 밤은 아무 곳도 구경 안 하고 취침하였다.

다음 날 아침부터 구경하기로 나섰으나, 별로 볼 것은 없고 한적하여 보이는 것이 공부하는데 가장 적당한 것 같다. 법학과에 좋은 교수가 많다는 리옹 대학이 있어서 법학을 공부하려면 파리보다 낫다 한다. 정거장 앞 공원에는 자유의 여신이 월계수를 들고 서 있는 혁명 기념의 동상이 있다. 모든 것이 분망해 보이지 않아서 독서하며 산책하기에는 대단히 좋겠다. 이곳에서 기차로 8시간 만에 파리에 도착하였다.

화려한 파리

파리는 세인이 세계 도회 중의 도회라 하여 가장 화려한 곳이다. 과연 와서 본 즉 모든 것이 이목을 즐겁게 한다. 인가의 미려함과 도로의 정연함과 그 위에 무수한 자동차가 기성이음을 발하지 않고 질주하는 것이 자동차 행렬을 보는 것 같으며, 야경으로 말해도 불야성을 이뤄서 원광을 보면 화재 난것 같고, 그 평활하게 만들어 놓은 통로에 전광이 비추어서 번쩍거리는 것은 흡사히 거울을 보는 것 같다. 누구든지 파리의 화려함과 파리인의 사치스러운 생활을 볼 때에는 그 국가와 그 국민을 가르쳐서 대전을 치른 국가라든지 국민이라고는 아니할 것이다. 물론 전승국이지만 조금도 피폐한 곳이 보이지 않고, 언제 전쟁하였든가 의아할 만치 되었다. 그 중에도 파리의 야경을 보든지 극장에 가보든지 하면 환락에 취한 국민이라 하겠다.

가극장에 가서 파우스트 극을 보았다. 이 극장은 파리서는 제일 크다는 곳인데 모두 5층에 3,000명은 수용하겠다. 악대가 130~140명이나 되고 배경과 기예의 교묘함은 참으로 일 폭의 그림 같다. 더욱 음률이 화해서 관객으로 하여금 시간 가는 줄을 모르게 하는 것은 동양 천지에서 보지 못하던 것이다.

미술품을 집대성한 루브르Louvre 박물관을 보았다. 이 박물관에 들어가서 그림을 볼 때에는 명화를 많이 보겠지만 모든 것이 예수교와 관계가 없는 것이 없으며, 조각도 다소간 그러한 경향이 있다. 그 외에 이집트의 미라도 있고 금자탑도 있으며 여러 가지 모형이 많다. 이러한 고귀한 실물을 둔 박물관을 무료로 보는 것은 학술 진보에 가장 효력이 있는 줄 알며 이것뿐 아니라 모든 것을 무료로 본다.

조국을 위한 위인 관을 보았다. 정문을 들어서면 정면에 「자유가 없거든 죽으라」 하였고, 좌우 벽에는 역대의 위인들이 조국을 위해서 분골쇄신하든 화폭이 붙었고 그 중에도 프랑스 100년 전쟁 시에 목양하든 처녀로서 분기하여 조국을 위기에서 구하든 잔 다르크Jeanne d' Arc의 그림 앞에는 남녀 관객들이 걸음을 멈추고 서서 보더이다.

로댕 미술관을 보았다. 그곳에는 「로댕Rodin」과 「유고」의 작품만 모아 놓은 곳이다. 군사박물관에 가보면 일세의 풍운아 나폴레옹의 분묘도 있고 이번 대전 때 사용하든 무기도 진열하였다. 룩셈부르크 공원에도 가 보았다. 설비도 잘했거니와 무수한 남녀 나체상이 있는 것은 동양인으로서는 이상하게 보였다. 노트르담Notre Dame에 있는 사원을 보았다. 이곳은 프랑스 대혁명 시 일시는 예수교와 예수 기원을 폐지하고, 이성의 신을 예배하던 곳이다. 좌우의 탑이 있는데 그 탑 위에는 무엇이 얹혀 있어야 될 것 같이 보여서 누가 보던지 미술품같이 보였다. 세계 건축물로서는 제일 높다는 탑에 올라가 보니 파리 전 시내가 눈앞에 보이고 흉금이 상쾌했다. 마침 미술 전람회가 시작된 때라 현대작품을 보러 갔다. 대단히 넓은 곳이 회화와 조각으로 가득 찼다. 미술을 모르는 나는 지식력이 없으나 그중에 이상한 것은 남녀 간 비밀히 하는 그 부분을 가장 일목요연하게 한 것이다. 이것은 동양 천지에서는 또한 보기 어려운 것인 줄 안다. 중세 박물관에 가보면 가장 눈에 띄는 것은 루이 14세의 사치스러운 생활 하던 유물이다. 비누 합 한 개라도 범연한 것이 없고 모두 보석으로 장식하여 인목을 놀래더이다. 우리가 사상으로는 다소간 지식이 있지마는 실물을 봄에 당하여는 상상 이상이다.

누가 파리를 가던지 개선문을 아니 볼 수는 없을 것이다. 프랑스 가서는 나폴레옹을 생각하여야 하겠고 나폴레옹을 생각하고 개선문을 아니 볼 수는 없을 것이다. 개선문 위에 올라서 내려다보면 그 문을 중심으로 하고 도로가 4통 8달 하였으며 도로 방수가 열을 지어 있다. 전일을 생각해 보면 나폴레옹 대제가 이탈리아를 정복하고 위의 당당하게 돌아와서 그 공명을 만세에 기념하기로 만들었고, 근년에는 연합군이 개선가를 부르면서 씩씩한 걸음을 맞추면서 들어오던 광경이 목전에 보이는 것 같다. 그러나 나는 근세 문화인의 생각으로는 얼마만 한 가치가 있을는지 의심한다. 자동차를 타고 개선문을 내달려서 어떻든지 유명한 베르사유Versailles에 갔다. 이곳서 약 70마일이나 된다. 탄탄대로, 자동차는 한숨에 베르사유에 왔다. 오면서 전일을 회상하였다. 대혁명 시에 열광한 군중은 베르사유! 베르사유에! 하고 길이 메이게 몰려 나아가던 것이다. 베르사유에 와서 그 궁전을 보니 한 번 더 루이Louis 14세의 인신으로서는 영화를 다 하던 것을 절실히 알았다. 전년 강화회의 당시에 연합국 사절들이 유하든 호텔에서 카페와 과자를 먹은 후에 파리로 돌아왔다. 어쨌든 베르사유는 근대 사상 가장 중요한 의의를 가진 곳이다.

프랑스는 자동차 시대다. 어디를 가든지 자동차를 불러 타면 충실히 데려다주고 차임도 일정해서 티격태격하는 법이 없다. 도착 제2일에 길 잃은 아이가 되어서 자동차를 타고 왔지만, 도로에 나서서 가장 주의할 것은 자동차이다. 이쪽에서 저쪽으로 건너가려면 중간에서 1, 2차씩은 쉬어야 되고 더구나 개선문 앞에서는 자동차가 조금도 쉴 새 없이 오는 예로 3, 4 차씩은 쉬어야 되며, 만약 이 점에 주의를 아니 했다가는 파리백이 되고 말 것이다. 지하철도가 있어서 얼마쯤 편하기는 하나 하절에는 대단 더운 것같이 생각된다. 프랑스인은 외국인을 보고 웃지 않는 것은 근년 강화회의 시에 각국인을 많아 보아서 그러한지는 모르겠으나 요리점에 가서 식사를 할 때라도 쳐다보는 법도 없으며, 웃지도 않고, 더욱이 서투른 불어 단어를 한 자씩 말하지만 당초에 조금도 기색이 없었다. 파리 경시청을 가보았다. 그 컴컴한 것이라든가 모든 것이 음울해 보이는 것이 어떠한 나라든지 대개는 일양인 것같이 생각되었다. 파리서 그럭저럭 9일간이나 유연하다가 밤 7시 50분에 차를 타고 베를린으로 향하였다.

다시 베를린

다음날 오후 6시나 되어서 베를린에 왔다. 중도에 국경을 지날 적마다 5, 6차 여행권을 조사하였다. 큰길로 말해도 마르세유에서 파리까지는 론강Rhône R.을 끼고 가나 산야가 볼 것이 없다. 그러나 독일은 프랑스와는 다르다. 독일은 산야에 식목을 가장 유의하였고 전토를 잘 다루어서 모두가 옥토같이 보여 산에는 수목이 무성하고 들에는 전토가 윤택하여서 이것이 곧 비옥한 들이 천 리에 이르는 곳일 것이다. 다른 곳은 모르겠으나 큰길 근처에는 평원이 많다. 그러므로 이 문자는 가장 적당한 줄 안다. 파리를 보든 안목으로 베를린을 보면 그리 번화하지 않고 지금도 마차가 이곳저곳 있어서 파리같이 자동차 시대는 되지 못하더이다. 숙소를 베를린서 급행차로 40분이나 가는 포츠담Potsdam이라는 곳에 정하였다. 이곳은 전일 독일 황실의 궁실도 있고 풍광도 좋으며 한산해서 나에게는 최적한 줄 안다. 이곳서는 본국 학생이 6인이며, 베를린에는 14인이며 남독일 지방에는 13인이다. 독일은 오래 있을 곳이라 급히 명소를 구경하지 않았다. 고로 대강 학생 생활을 적으려 한다.

물론 본국서 듣기에도 그러하지마는 독일은 모든 물가가 저렴하다. 그러나 이것이 몇 년이고 계속하겠느냐 하면 타국의 예를 보아서 계속 못될 줄 안다. 내가 보는 것만 말해도 물가가 점점 올라가지 저렴해지는 않는다. 지금은 매월 60원이면 충족히 지낸다고 하겠으나 장래 일을 모름으로 100원을 예산하여야 할 것이다. 지방으로 가면 3, 40원으로도 지낸다

하나 연구하는 학과에 따라서 다르겠으므로 어쨌든 100원은 예산하여야 하겠다. 설령 독일 마르크가 털썩 떨어져서 1원에 300마르크까지 된다 하더라도 물가가 고등해갈 것이니까 항상 일양일 것이다.

독일의 물가가 저렴한 것을 몇 가지 말하면 대개 짐작할 줄 안다. 먼저 독일 1마르크는 1전으로만 생각할 것이다. 침실과 객실 두 방을 얻으면 문방구를 전부 넣어서 매월 300마르크 가량이고 전등, 조반, 석탄, 세탁 기타를 합해서 600마르크 내외일 것이니 주인에게 매월 900마르크 가량만 주면 되고, 식사는 요리점에 가서 한 번에 20마르크로부터 50마르크까지가 보통일 것이다. 그 외에 양복 같은 것도 1,000마르크로부터 4,000마르크가 보통이며, 양화는 400마르크로부터 700마르크면 상당하며 가극은 6, 7마르크로 30마르크가 보통이고 일류극장에 가려면 6, 70마르크로 120마르크면 구경하게 된다. 우리에게 제일 중요한 서적 가격도 대단히 가렴해서 보통 100마르크 내외면 상당한 책을 사게 되고 차비만 해도 이곳에서 베를린까지 2등에 6마르크, 3등에 4마르크이다. 이상 모든 것이 현재의 시세이니까는 장래는 어찌 될는지 모른다.

베를린에 도착한 지 며칠 못 되어서 루터 종교개혁 400년 기넘식을 구경하려고 비텐베르크Wittenberg에 가보았다. 가서 본즉 우리가 상상하던 것과 같이 대성황은 아니므로 루터가 살던 집과 기타 유적만 보고 돌아왔다. 모든 것이 독일인에게는 흥미가 없는 것 같다. 다만 일반적으로 독일인에게 흥미가 있는 것은 이번 제노바Genova에서 열리는 국제 경제 회의이다. 금일 연합국뿐 아니라 세계 열국이 합력하여 구조할 것은 노국과 독일의 궁경이다. 즉 경제적 침입을 정지하여야 하겠다. 만약 경제적 침입을 정지치 아니하면 자기네들이 무서워하는 그 사상은 점점 공고해갈 줄 안다. 그뿐 아니라 자기네들이 떠드는 예수교는 허언이 되고 말 것이다.

러시아의 기근은 참으로 대단하다. 부모가 어린 자녀를 잡아 먹으며, 우마가 죽기도 전에 군중이 칼을 가지고 덤벼서 뜯어 먹으며 심지어 부모의 시체를 먹는 사실이 있었다고 베를린 신문은 보도한다. 독일은 그와 같이는 되지 않았어도 사람마다 물가 등귀해서 살 수 없다는 말뿐이다. 연합국은 노독 양국민의 신조로 삼는 그 주의의 호불호를 불문하고 다만 지상에 공존하는 인류의 곤경을 구조하는 대 관심으로서 이 문제를 즉속 해결하여야 비로소 세계에 인류애가 있는 줄 믿겠다.

이번 회의에 전용하려고 4,000리나 되는 제노바와 베를린 간, 제노바와 런던 간에 직통전화를 가설하였으며 일전에 노국위원은 베를린에 도착하였는데 수일 후에 제노바로 간다 한다. 요즘 미국통신이라는 것을 보면 금하에 독일에 오려고 뉴욕시청에 여행권 청원서를 제출한 사람이 30만 명이라 하고 또 말하여 가르되 비싼 돈 가진 미국인이라고 호텔이라든가 각 상점이라든지 물가를 더 받지 않는 것이 좋겠다고 하였다. 30만 명이 매 명에 5, 6천 원씩만 쓰고 가도 독일 경제계에는 다소간 영향이 있을 줄 안다.

독일 지방의 2주간, 라인강Rhein R.에서의 산보

독일서는 5월로서는 제일 춥기로 유명한 삼빙일 중에 1일인 13일에 포츠담을 떠나서 10여 곳 다니기로 하였다. 일행은 김준연 군과 나와 두 사람이다.

이날은 아침부터 비가 오고 일기도 명불허실로 조금 선선했다. 기차는 물론 3등을 탔다. 좌석이 없어서 통로에 한 시간이나 넘게 서서 가다가 간신히 좌석을 얻어서 안게 되었다. 오후 5시가 훨씬 넘어서 괴팅겐Goettingen이라는 곳에 왔다. 이곳에는 우리 유학생이 3인이나 있으며 대학이 있는 곳이다. 이 대학은 구독일제국의 철혈재상 비스마르크Otto Von Bismarck의 모교이며 학생 수가 4,000이라 하는 고로 전 인구 40,000에 비하면 10분지 1이외다. 전 시가에 대학생만 다니는 것 같다. 시가는 창설된 연수가 오래되어 그러한지 참신한 맛은 없고 정제하지 못하며 비교적 불결하더이다. 이곳에서 두 밤이나 지나고 쾰른Cologne으로 향하게 되었다. 도중에 황제의 이궁이 있고 산수가 좋기로 유명한 카셀Kassel이라는 곳에 내려서 점심을 먹게 되었다. 이곳은 고적이라든지 별로 볼 것은 없으나 시가는 베를린과 같이 정제하다.

이날 오후 5시나 되어서 문제의 쾰른에 왔다. 처음 보고 놀란 것은 라인강에 걸쳐 놓은 그 큰 철교다. 기차, 전차, 인마가 함께 다니게 되었다. 이곳은 고대 로마인의 식민지로서 주교Bishop의 영지였다. 지금 부르는 쾰른이라는 것도 영어의 콜로니Colony와 어원이 동일하다. 이 도회의 인구는 67만이며 전 독일 내에서는 셋째 도시이며 프로이센Prussia내에서는 베를린 다음가는 곳이라 한다. 대학은 상과대학뿐이고 박물관이 세 곳이나 있으며 그중에 미술 박물관에는 서양 것과 일본 것을 절반 절반 진열하였으며 한쪽 방에서 일본 목판화를 등사하더이다. 누구든지 쾰른 가서 정차장에 내리면 처음 보이는 것은 중천에 높이 솟도록 지은 교당일 것이다. 이 교당은 고딕식이다. 원래 조그마한 교당이 있던 곳에 서역 1248년에 개축을 시작해서 동 1880년에 완성하였다 한다. 시일은 630여 년 역비는 5,000만금 마르크, 탑의 높이는 157m, 면적은 6,166평방미터이다. 그 내부설비는 파리에 있는 노트르담 교당이나 동일하고 다만 대소의 차가 있을 뿐이다. 이 교당이 구라파에 있는 것 중에 제일이라 한다. 석반을 먹고는 라인강변에 산보도 하며 독일이 전시에 2년 만에 준공하였다는 철교 상을 걸어 다녀 보았다. 전장으로 말씀하면 260간이며 수면은 150칸이나 된다. 물론 라인강에는 무수한 철교가 가설되어 있다. 시가로 말씀하여도 전부 정제되어있고 베를린서도 못 보든 큰 카페 집을 이곳에서 보았다. 천정과 4 벽에는 금색이 찬연하고 전광이 휘황하더이다. 이곳은 오래된 상업 도시로 유명하였을 뿐 아니라 지금은 연합국이 관리하는 라인 주의 일부이다. 그러므로 이곳에는 영군의 사령부가 있고 노상에는 황색 복장 입은 영군의 왕래가 잦다. 상해서부터 큰길에서 보든 상업지로서는 이곳이 가장 질서가 있어 보이고 안정된 것 같다.

언제부터 동경하던 라인강

그 이튿날은 전차로 본Bonn까지 가게 되었다. 쾰른서 본까지 다니는 전차는 동경에 있는 경빈 전차와 같다. 녹음이 무르녹은 라인강변으로 40분쯤 가면 본이다. 중도에 보면 강변에 교의를 만들어 놓았으며 손을 마주 잡고 산책하는 청년 남녀들은 강색을 탐하여 걷다가 앉고 앉다가 걷는 것은 '시의 시대'의 사람인 것 같다. 본은 라인강변의 한 소도시이며 모든 설비가 꽤 정제하다. 이곳에도 대학이 있는데 이 대학에는 구독일제국 시대에 황족들이 많이 다녔으며 빌헬름Wilhelm 2세와 황태자도 이곳 출신이다. 또 한 가지 유명한 것은 음악가 베토벤Beethovans의 출생지다. 이곳부터는 프랑스군의 천하이다. 어디를 가든지 녹색 군복이 대활 보이며 프랑스군을 따라와 서 있는 얼굴 검은 아프리카 병정과 안남사졸이 어깨 짓을 한다.

다음 날 아침에는 배를 타고 마인즈Mainz라는 곳까지 가기로 정하였다. 오전 10시에 타면 오후 9시에나 도착한다. 부두에는 배를 기다리는 선객들이 많이 있었다. 라인강은 최상류서부터 최하류까지 여간한 기선은 통행이 된다. 그러므로 운송선이며 더욱이 근일에는 유람선이 끊이지 않는다. 라인강의

발원지 되는 스위스에서는 근일에 이르러 개항을 하겠다 한
다. 이 나라 이 라인강에 개항지를 둔다는 것은 참으로 희귀
한 일이다. 스위스로 말씀하면 구라파 대륙에 있는 나라로 조
금도 해양과는 교섭이 없는 나라다. 그러나 라인강의 교통이
저와 같이 빈번한 것을 보면 라인강 상류에 개항지를 두고 스
위스 기선이 대양에 나오겠다는 것도 일리는 있는 것이다.

우리가 본국서 발행하는 신문 잡지를 보더라도 청년 남녀가
얼마나 라인강을 동경하며 또 그것을 시나 문장으로 발표하
는 것을 알 수 있다. 그뿐 아니라 구미 열국인들도 한번 보기
를 원하며 영국의 시인 롱펠로Longfellow는 라인강을 찬미하여
가르되 독일인의 자랑은 이 고귀한 라인강이며 또 아름다운
지상에 있는 모든 강 중에 이와 같이 아름다운 강은 없다고
하였다. 물론 라인강이 풍경 좋기로 세계에 이름이 높았을 뿐
아니라 독일 자체에 가장 중요한 지위를 가지고 있으며 계란
으로 말하면 노른자다. 독일의 문화 발상지도 이곳이 중심이
며 독일의 산업진흥지도 이곳이 중심이며 또 구독일 황제 빌
헬름 2세가 선언한 「바위로서 바다에」를 실현케 하는데도 라
인강의 힘이 많지 않다 할 수 없다. 독일 자체에만 이렇게 중
요할 뿐 아니라 구라파 열국들은 정치적 의미에 있어서 가장

중요한 의미가 있음을 깨닫고 이 지역에 주목하지 않을 수 없다.

라인강을 배를 타고 가면서 보면 최상류로부터 최하류까지 선박의 출입이 빈번한 고로 흡연히 수면은 선박으로 업힌 것 같으며 좌우 양안에는 은성해 보이는 강촌들이 즐비하고 부절히 왕래되는 것은 기차이다. 또 그리고 라인강변의 구경거리는 포도원이외다. 포도가 익어서 따게 되는 추절에 오면 가장 구경할 만하다. 그때에는 산등성이에 포도 따는 사람이 널렸으며 또 포도 따는 노래가 들을 만하다. 그 외에 가장 유표히 보이는 것은 산상에 유래가 있는 무수한 고성들이다. 오후 4시가량이 돼서 청천에 흑운이 덮이더니 소나기가 한줄기 온다. 물론 배에는 방우설비가 있는 고로 바깥을 내다보니 실로 그 경치를 형언할 수 없다. 그림으로는 이러한 것을 더러 보았으나 금일 실경을 보니 강 위와 강촌의 비 오는 풍경이 참으로 즐겁다. 비가 그친 후에는 라인강 연안 중에 가장 세계 사람에게 널리 알리고 더구나 시인 하이네Heinrich Heine의 소개로 시인문사들의 동경하는 초점을 만들었으며 즐겨 자기의 시문의 재료를 삼는 로렐라이Lorelei 밑에 왔다. 대체 라인강은 유수 거리가 대단 장원하다. 스위스에서 시작하여 남독에서

북독을 일관하여 네덜란드를 거쳐서 입해 하는 강이지만은 수류는 썩 급하며 그뿐 아니라 탁수다. 이것이 라인강의 결점이다. 평양 대동강이나 경성 한강처럼 청수면 얼마나 더 흥을 돋울까. 나는 이것을 한탄하였다. 이와 같이 급류이며 탁수이든 라인강은 로렐라이 밑에 와서는 더욱 대단해 보인다. 무서운 여울목이 되고 말았다. 로렐라이는 어째서 유명한가 그 전설을 쓰려 하나이다.

로렐라이의 전설

어느 때부터 시작된 말인지는 모르나 상선들이 로렐라이 밑을 지나면 대개는 파선이 되고 만다고 일러왔다. 그것은 왜 그런가 하니 로렐라이는 깎아 자른 듯한 절벽이오, 바로 그 밑은 여울이다. 그 절벽에는 아리따운 처녀가 서서 좋은 음성으로 듣기 좋게 노래를 한다고 한다. 그러면 선인들은 그 화용과 미음에 정신을 잃고 조심을 아니하다가 그만 파선을 하고 만다 하더이다. 라인강을 지나다니는 상선들은 모두 로렐라이를 조심조심하자 하지마는 이곳에만 오고 보면 어쩔 수 없이 녹고 말았다 한다. 이 말을 들은 어떠한 백작의 아들이 배를 타고 그 밑까지 갔다. 과연 명불허실로 어여쁜 색시가 나와서 청아한 목소리로 노래를 하였다 한다. 이 백작의 아들은 색시보고 노래만 듣고 오려고 조심조심하였지만 어찌나 좋던지 넋을 잃고 있다가 역시 파선이 되고 말았다. 이 급보를 들은 백작은 대노하여 군사를 풀어 그 처녀를 잡으라 하였다. 군사들은 명령이 내리자 곧 로렐라이로 가서 그 주위를 에워쌌다. 그때 처녀는 수백에게 무슨 주문을 읽으니까 백작의 아들은 수중에서 백마를 타고 나왔다 한다. 이 전설을 가지고 생각해보면 첫째 라인강 연안 각지에는 미인이 다산이라는 것과 둘째 라인 강수는 급류라는 것이다. 이 두 가지 외에 생각할 것은 수백이니 이것은 우리 고대인과도 일치되는 점인 줄 안다.

조선 고사에 보면 신라와 당의 연합군이 백제와 싸울 때에 수백에게 제하노라고 웅진강에다가 백마를 넣었다 하는 것이다.

로렐라이를 지나서 조금 가면 강 중에 소도가 있고 그 섬에는 조그마한 2층 누각이 있다. 이것은 전일에는 이 강으로 통행하는 선박의 세를 받던 곳이라 한다. 내 생각건대 라인강의 전경은 한 장의 화폭이다. 아무리 산수화의 명수 거장이 있더라도 이와 같이 나무 세울 데에 나무 세우고 내가 흐를 데에

내를 흐르게 하고 다리가 있을 곳에 다리를 놓고 인가가 있을 곳에 인가를 있게 하고 산야가 있어야 할 만한 곳에 산야를 그려서 한 폭의 명화를 만들기는 난사다. 누구든지 춘추양 절기 중 기차를 타지 말고 유람선을 타고 라인강을 지내보면 나와 동감일 줄 안다. 기차로 간다하면 시간도 최소 시간이 될 것이며 비용도 5분지 1밖에 되지 않는다. 그러나 라인강에 와서 배를 타지 않고 차를 타고 달아나는 것은 가장 무미한 여행인 줄 안다. 오전 10시에 타 오후 8시에나 상륙하였지만 조금도 싫증이 나지 않으며 벌써 10시간이나 되었던가 생각이 들었다.

도시가 그림 속으로 배를 타고 지내는 것 같았다. 오래전부터 알려오기를 중국인은 원생 고려국, 일견 금강산이라더니 구미인들은 원생 독일국, 일견 라인강이라는 생각이었다 해도 망언이 아닌 줄 안다. 우리가 탄 배에만 보더라도 독일인은 최소수이고 외국인이 최다수며 그 중에도 영어와 불어를 말하는 사람이 많다. 이 배에만 그럴 것이 아니라 끊임없이 오고 가는 그 많은 유람선에는 얼마나 많은 외국인들이 있겠는가. 안내서로 말해도 영, 불, 독 3 국어로 된 것이 그 종류가 대단히 많다. 내가 이런 호강을 하면서 생각해 보니 라인강이 본국에 있는 청년 남녀의 심혈을 고동케 하는 것도 확실히 이유가 있는 줄 안다. 나는 또 이렇게 생각하였다. 언제나 한강이나 대동강에서도 이 놀이를 하면서 라인강을 회상하게 되나 한다.

서울의 약박골을 연상하다

밤 9시나 되어서 적은 비를 맞으면서 여관을 찾아 들었다. 이곳은 온천과 약수로 유명한 비스바덴Wiesbaden이라는 곳이다. 이곳의 밤도 역시 프랑스 식으로 해서 대단히 번창한 것 같다. 커피 한잔에 70마르크는 참으로 놀랐다. 이 시가는 매우 신식이며 꽤 상쾌해 보였다. 유락관Kur-haus에는 연못도 있고 분수도 있으며 정원도 있어서 산책하기에 편리하며 실내에는 대소 음악실, 담화실, 독서실, 유희실들이 있으며 입장권을 발행하여 1일에도 오전과 오후가 그 요금이 다르다. 약수 있는 곳은 유락관에서 멀지 아니하다. 이곳도 입장료를 받으며 정원에는 음악실이 있고 약수는 실내 큰 웅덩이에 괴여 있다. 물론 온천이다. 유리잔으로 한 잔씩 떠준다. 약수라 해서 그러하는지는 몰라도 한잔이라도 더 먹겠다는 서울 약박골 물터의 물군이나 일양이다. 약박골같이 붐비지는 않으나 그 중에도 부녀들과 노인들은 1배 1배 복 1배를 하는 이가 많다. 이 약수는 미지근한 물 같으며 황색 염미가 있다. 그러므로 이 물을 담전시켜서 백염을 만들더이다. 온천에 목욕하러 갔다. 이곳은 시에서 경영하는 것으로 목욕료는 3마르크로서부터 55마르크까지 있는데 우리는 아무 제구도 없으므로 55마르크 짜리를 샀다. 실내로 말하면 전부가 대리석과 고귀한 목재를 썼으며 목욕탕에는 방이 둘이 있다. 하나는 목욕탕이오, 또 하나는 목욕탕에서 나와서 침대에 누워서 얼마 동안 휴식하는 방이다. 큰 수건을 세 개나 주며 모두가 대단 편리하게 되어 있다. 여러 날 만에 먼지를 씻어보니 썩 거뜬하다. 이 시가에 는 1년에 목욕하러 오는 외국인이 몇10만 명이나 된다 하며 온천장도 수십 곳이나 된다. 이곳에 있는 시회와 이궁 옥상에 는 프랑스 국기가 날리더이다. 이날 오후에는 마인즈까지 전 차로 가서 그곳서 박물관을 잠깐 구경하고 보름스Worms라는 곳까지 기차로 왔다.

13년 만에 준공된 루터의 동상

이곳은 루터Luther의 종교개혁과 인연이 깊은 곳이다. 당시의 루터는 교회의 부패와 천부의 뜻에 어그러짐을 통론하고 종교개혁의 봉화를 들어 신설을 주장하며 독일제국 의회는 이 곳에 모여서 결의하기를 만약 루터가 신설을 버리지 않으면 국법 외에 치한다 하였다. 그러나 루터는 조금도 불굴하지 않 아 비텐베르크Wittenberg에 있는 제후가 데려갔다 한다. 지난 3 월 비텐베르크에 갔을 때에 95개 조문 걸었던 사원 문도 보 았으므로 이제 연락이 거의 되었다. 이곳은 구식 도회이며 당 시 의회도 그저 남아있어 전일을 말하는 것 같으며 시 중앙에 는 13년 만에 준공하였다는 루터의 동상이 서서 있으며 이곳 역시 녹색 복의 병졸이 횡행하더이다.

다음날 오전에 다름슈타트Darmstadt라는 곳으로 갔다. 다름슈타 트는 헤센Hessen 태공국의 수부이다. 헤센 태공국이 본래 각 연 방 중 작은 나라인 예로 수부도 그리 크지는 못하며 이곳부터 는 외국군대가 아니 보였다. 인구라야 85,000밖에 되지 않고 학교라야 고등공업학교가 있을 뿐이다. 그러나 시가의 설비 와 도로가 정연하며 공원이 있으며 그 외 모든 것이 도시 노 릇을 꽤 하였다. 꽤 탐탁해 보이며 아담해 보였다. 나는 평양 과 대구를 생각하였다. 헤센 태공국이 유명해지기는 보불전 쟁 시에 태공 루트비히Ludwig 4세가 대공을 세운 후이다.

시 중앙의 괴테 집

이날 점심 후는 상업지로 유명한 프랑크푸르트Frankfurt에 왔다. 이곳은 인구가 48만이나 되며 고등상업학교가 있으며 시가의 설비라든가 모든 것이 베를린에 비하여 대소의 차는 있을지언정 규모는 제1이다. 물론 이곳뿐 아니라 어떠한 도시에 가 보든지 규모는 동일하다. 이 점이 독일의 특색이다. 이 도시는 상업으로만 유명할 뿐 아니라 공업지로서 유명하여여 외국인의 출입이 많은 곳이다. 그뿐 아니라 역사상으로 보아서 가장 유명한 곳의 하나로 꼽는다. 신성 로마 제국이 창립되자 카를 대제Charlemagne가 이곳에서 즉위하였으며 근세에 와서 보불전쟁 시에는 오스트리아에 가담하였다가 전패하여 자유시의 자격을 잃고 독일제국의 직접 관리를 받게 되었으며 전신, 전화를 발명한 두 사람도 이곳에 살았으며 또 시성 괴테Johann Wolfgang Von Goethe의 출생한 집도 이곳에 있다. 괴테의 집은 시 중앙에서 조금 뒷골목에 있다. 당시에 괴테 생활이 어떻게 유족했던가는 그 주택만 보아도 일견에 알겠다. 내부에 들어가서 일상생활하든 모양을 보면 문방구라든지 심지어 주방에 기명을 늘어놓은 것을 보더라도 확실히 알겠다. 현대인의 사치로운 생활에 비하면 아무것도 아니지마는 당시의 일반 정도를 생각해보면 극히 풍족한 생활이라 아닐 수 없다. 부속 박물관에 가보면 괴테와 쉴러Friedrich Von Schiller의 필적이 놓여있으며 괴테는 시성뿐 아니라 그림에 대한 소양이 상당히 있는 줄 알겠다. 그것은 괴테가 그렸다는 그림을 보아도 역력히 알 것이다. 그 외에 눈에 띄는 것은 괴테의 부모가 미남미녀이었던 것이며 괴테와 쉴러의 모발을 놓은 것을 보면 괴테의 것은 검은빛이 있고 쉴러의 것은 누런빛이 난다. 나는 특히 괴테의 부모가 미안의 소유자임을 볼 때에 괴테가 시성된 것에 인연이나 없지 않은가 하고 생각하였다. 이곳에 안내자는 우리에게 의사당을 보았느냐고 물었다. 우리는 못 보았다 하니 그는 말하기를 의사당을 아니 보려거든 프랑크푸르트에 오지 말라 한다. 우리는 그 길로 의사당 소재지를 물어서 갔다. 의사당의 규모가 이렇게 굉대한 것은 보던 중 처음이었다. 이곳은 신성 로마 황제가 있던 곳이며 그 황제실 이라는 곳의 양 벽에는 역대의 황제의 화상이 걸려있으며 그 옆방에는 7선거후가 모여 황제를 선거하든 방이며 또 그 옆방은 현재의 시의사당이다. 가장 인공을 다하여 화려를 극하였다. 그곳서 머지않은 곳에 서역 1870년 5월 10일 보불양국 대표자가 모여서 강화조약을 체결하든 여관이 있으며, 지금은 활동사진관이 되었다.

이곳서 한낮은 되어 뷔르츠부르크Wuzburg라는 곳으로 갔다.

조선 밥을 먹으며, 조선 사정을 말하다

뷔르츠부르크는 남방에 있는 도시이며 인구가 10만이나 되며 대학생이 5,000명이나 된다 하며 라인강의 지류 되는 마인강을 옆에 끼고 있는 도시이다. 그러나 시가는 구식이며 아무 보잘것없는 도시이다. 비스바덴이나, 다름슈타트에 비하면 차이가 있다. 마인강 연안에도 포도원이 있으며 강변에는 조그마한 나룻배들이 매여 있고 넓이는 충청도 부강만 밖에 안 된다. 이곳에는 우리 형제가 20여 명이 있으니 전 덕국에 40여 명 있는데 비하면 절반이 이곳에 있다.

여관에 든다는 것이 우리 형제가 많이 다니던 곳이 되어 조선말도 안다고 단어 몇 마디씩 말하더이다. 이곳서 다년 격조하였든 학우들과 새 학우들을 많이 만나서 재미있고 유쾌하게 잘 놀았으며 또 여러분의 알선으로 조선 밥 다운 밥을 맛있게 먹었다. 조선 밥을 먹으며 조선말로 조선 사정을 문문한 것은 유쾌한 중에도 더욱 유쾌한 것이었다.

이곳에 와서 가장 무서운 더위를 만났다. 떠날 적에는 베를린 일기 표준만 하고 동복에 얇은 내의를 입고 나섰더니 일기가 어찌 더운지 실외에 있는 한난계는 섭씨 32도를 가리키나이다. 나도 더워서 대단 괴로웠지만 동행 김 군은 내외를 전부 동복을 입고 가서 더한층 애를 썼다. 여러 형제들과 2일이나 잘 놀고 뮌헨Munchen으로 갔다.

뮌헨은 바이에른Bayern 왕국의 수부이며 가장 외국인의 출입을 엄중히 단속하는 곳이다. 그것은 외국인들이 자국의 비싼 돈을 가지고 물가가 저렴한 이곳에 와서 있게 되면 국민 전체의 손해가 되겠다는 견해로서 외국인에게는 거류세를 받는다 하며 저번에 뮌헨에 갔다 온 우리 학우 두 사람도 1,500마르크를 내었다 함으로 처음부터 규칙에 걸리지 않게 24시간 내에 뮌헨을 떠나는 형식을 하기로 정하였다. 오후 5시나 되어서 뮌헨에 도착하였다. 여관에 들자 하인은 영불독 3 국어로 박힌 경찰서의 주의서를 보인다. 그 주의서에 보면 바이에른 공국의 어떠한 도시를 가려든지 반드시 경찰서의 허가를 맡으러 여행권을 가지고 출두하되 그 세금은 10마르크로부터 10,000마르크라 하였으며, 만약 24시간 이상을 체류하면서 그 기간이 경과하도록 허가를 받지 않으면 금고 1개년이라는 무서운 주의서다. 그러나 이 수속을 하지 않고 얼른 바이에른을 벗어나려 하였다.

다음 날 아침에는 뮌헨서 기차로 약 두 시간이나 되는 세인트 오티리엔st, otilien이라는 수도원에 S 군을 찾았다. S 군은 우리가 본래부터 모르나 베를린을 떠날 적에 그이와 절친한 L 군이 찾아보라는 부탁과 그 수도원은 본국 경성 동소문 내 백동에 있는 수도원과 대구, 원산에 있는 것들의 본부라 하여 어쨌든 한번 가서 구경하려 하였다. 정차장에 내려서 20분이나 가면 수도원이 되는데 그 수도원 문 앞에서 의외에 S 군을 만났다. 대단 반기며 L 군의 편지로서 우리 올 것을 기다렸다 하며 1년 만에 본국인을 처음 만난다고 어찌 기뻐하는지 형언할 수 없었다. 점심을 먹은 후에는 S 군의 안내로 수도원을 구경하였다. 이 수도원은 평야에 놓여 다른 촌락은 없이 자작일촌을 일구었으니 승려만 해서 300명이며 학교 생도가 100명이니 합해서 400명이다. 산촌과 천이 있으며 만반 생활의 필수품은 자작자급이다. 독일인들도 승려가 되는 다수의 이유는 가정의 풍파로 그리된다 한다. 그 시설로 말하면 철공, 목공장이 있으며 양복, 인쇄소가 있고 소병실, 병원, 식당, 목욕실, 소화대, 발전소, 책사, 박물관까지 있다. 이 박물관에는 조선 물품과 아프리카 물품이 많이 모여 있는데 우리 것은 그리 흥잡힐 것이 없다. 목욕탕이 있어도 승정이라야 1년에 목욕을

4차 밖에 못하며 경내에 고의 매매소가 있으니 속계로서 승려가 되려고 이곳에 오면 입고 왔던 옷은 팔고 승복을 입는데 그 승복이라는 것은 흑주의에 홍대를 매는 것이다. 그다음 기화요초를 배양하는 식물원도 있고, 목장도 있다. 목장에는 우, 마, 양, 저, 계, 압 등 모든 가축들을 가장 진보된 방식으로 기르고 있었다. 일전에 동아일보를 보니 독일인이 포도원도 세포에 목장을 경영하게 되었다 하니 그들이 필시 이 방법대로 할 것이다. 그러면 본국 인사들의 학습해 두는 것이 대단하다 한다. 독일인의 천성은 조직적이라 하고 내가 그간 더러 보기도 하였지마는 이 수도원 경영처럼 조직적인 곳은 없는 줄 안다. 오후 3시나 되어서 S군과 작별하고 뮌헨으로 왔다.

오늘 밤차에는 이곳을 떠나야 하고 시간은 6시나 되었으니 이곳에 있는 박물관들을 보았으면 좋겠으나 어쩔 수 없이 떠나게 되었다. 이곳은 미술을 보러 오든 도시인 예로 볼만한 미술품이 많다 하나 너무 오래 있을 수는 없는 사정이라 밤 9시 차로 예나Jena로 가기로 하고 차 중에서 밤을 지내고 다음 날 아침 7시에 내려서 여관에 들어 식전 잠을 잤다. 이곳은 인구가 50,000이나 되며 대학이 있고 시가가 꽤 잘 되어있으며 썩 아담해 보였다.

이곳에 있는 L 군 형제와 W 군을 찾아갔다. 반가이 만나서 그간 베를린서 헤어진 후에 이야기를 들었다. 2일이나 산보도 하고 그렁저렁 놀다가 바이마르Weimar에 갔다. 이곳은 튀링겐Thuringen국의 수부이며 괴테와 쉴러의 임종한 집이 있으며 문인 철사가 가장 많이 왕래하던 곳이다. 시가는 대단 청한해 보여서 그러한 사람들 특히 사색하는 학자에게는 최적지인 줄 안다. 괴테와 쉴러의 집은 얼마 되지 않는 거리에 있다. 그러나 두 집의 비교는 천양지차이다. 괴테는 전체 집을 얻어서 여러 방을 쓰며 화려한 생활을 했지마는 쉴러는 천정 밑층에서 빈궁한 생활을 하였다. 그리 볼 것이 없으나 괴테는 튀링겐 대신이요, 재산이 있어서 그러한지는 모르나 문방구도 많으며 서적도 많고 괴테는 시성일 뿐만 아니라 색소학에 일가견이 있었고 광물학에도 역 취미를 가졌던 것은 그 모든 진열품을 보아서 넉넉히 알 수 있다. 도대체가 괴테는 귀공자로 나서 연학에 조금도 부족함 없이 재력을 들여가며 읽고 싶은 것, 보고 싶은 것을 다 수집하여 모든 점에 있어서 가장 귀족적 생활을 하였고. 쉴러는 이와 반대로 빈가에 태어나서 임종도 천정 밑층 방에서 하였고. 마음대로 서책 한 권도 못 사며 공부한 한사에 불과하다 하겠다.

이날 오후에 베를린으로 오면서 보면 무수한 공장이 있더이
다. 그 중에도 한 회사의 연통이 13개나 되는 것은 처음 보았
다. 집에 돌아오기는 밤 12시였다. 이 문을 두 번 열쇠로 열고
들어오니 책상에는 나를 기다리는 편지 4, 5장이 있으며 침대
에 누워 혼몽 중에 들어갔다.

베를린을 떠나던 날부터 돌아오는 날까지 계산하면 일수로
는 2주간이며 그 비용으로는 6,000마르크나 들었다. 일자라든
지 여비는 예산 초과가 그리되지 않았다. 어디를 가든지 여관
은 값싼 곳만 찾아다니었다. 처음에는 큰 재난이지만 2차 이
상 되니까는 경험이 많아지면서 여관의 문간만 보아도 하룻
밤에 숙박료가 얼마나 될지 추측이 되더이다. 물론 저렴한 여
관에 간다고 침구는 결단코 불결하지 않다. 다만 문방구라든
가 침구가 좋으냐 좋지 못하냐가 문제 될 뿐이다. 우리가 지
낸 바는 침대 2개 있는 방 하나를 얻어서 자는데 제일 비싸게
준 곳이 280마르크(2원 80전)며 이것은 제1일에 실패한 것이
다. 그러나 제일 싸게 주기는 천정 밑층 방에서 자고 70마르
크(70전)를 주었다. 이것들은 최고와 최저이나 보통은 150마

르크(1원 50전)가 평균이며 조반은 별도 비용이다. 식가는 도처가 일반이다. 식사는 잘해야 한다는 방침을 처음부터 세웠으므로 저렴한 곳은 가보지 못하였으나 뮌헨이 타처와 동질의 것을 주는데 식가는 조금 저렴하더이다.

어디 가든지 평원광야

독일이 어째서 부강하냐 하고 그 이유를 물으면 10인 10답이될지 모르나 나는 이점에 있다고 생각한다. 이번 여행은 일수로 2주일이며 베를린서 서방으로 나아가서 남방으로 돌아 북상하였다. 정북만 못 가보았지마는 독일국을 거의 일주한 셈이다. 그러나 어디를 가보든지 평원광야다. 본국서 보는 것과같은 장산은 하나도 못 보았다. 크다고 하는 산이 경성에 있는 남산만 한 것이 혹간 가물에 콩 나듯 하다. 독일은 전체가무산평야라 해도 과언은 아닌 줄 안다. 독일 뿐 아니라 구라파의 장산은 남방에 많이 있다. 그러함으로 처처에 방초가 깔리고 시내가 흐르는 언덕과 벌판에 목장이 많다. 어디를 보든지 기름져 보이니 이것이 끝없이 넓은 들판이다. 따라서 여행하는 동안에 수도라고는 2, 3차 밖에 없었다. 그것도 베르팅겐Böttingen서 쾰른 가는 길에 지났을 뿐이다. 거의 전국이 다 이리하니 기차를 깔기에 인력이 자주 덜 들 것이며 그러하니 독일에 철도가 많이 깔릴 것은 명화히 안다. 또 교통이 빈번해질 것은 더할 나위 없이 명백하다.

국가의 교통의 편리와 불편은 그 국가의 흥망성쇠에 측정기이다. 독일인의 국민성이 아무리 조직적이며 사색적이고 근면하다 하더라도 산천이 험악하여 지리가 불리하였다면 독일의 금일은 문제였을 것이다. 차를 타고 지내어 보면 평평히 개간된 밭과 들을 볼 수 있고 건조한 곳은 밭을 만들고 본국서는 기답할 만한 곳에는 목장을 만들었다. 그들은 가축에게 목초를 먹여서 육류를 취식한다. 그들은 전야만 그렇게 잘 만드는 것이 아니라 식목에 유의하여 어디를 가든지 산야가 일색이다. 그뿐 아니라 노변과 문전에 화초를 많이 심어 자기도 향락하고 행인의 눈도 즐겁게 만든다. 도시 독일의 5월은 어디를 가든지 즐겁고 좋은 것뿐이다. 나는 조선서 부자가 몇만 원을 들여서 주택과 정원을 잘 꾸미고 산다고들 해도 비록 흑병은 먹으나 이처럼 청초히 하여놓고 사는 사람보단 몇 배 못하리라고 한다. 독일을 구가하자는 것도 아니지마는 그들은 소액의 경비를 가지고 알맞게 맞추어 사용하여 부족한 비용을 난잡히 들여서 도리어 축목케 하는 것보다 두뇌의 명석함을 판단케 하며 전체를 들어 말하면 독일서는 사람이 자연 속에서 사는 것이 아니라 자연이 사람 속에서 산다 하겠다.

세계의 제2의 도시, 구주의 수부 런던 구경

신세계는 빼어 놓고 구세계에서는 런던이 제1 대도시일 것이며, 또한 구주의 수부일 것이다. 사람마다 파리와 베를린의 미려와 굉대를 말하지마는 이것은 런던을 보기 전 이야기일 것이다. 파리와 베를린이 아니 좋은 것이 아니로되 대 도시될 만한 총점으로 보아 런던에 못 따를 것이니, 첫째, 인구로 보아서 런던이 제1이요, 둘째, 이것에 맞추어 설비된 시가라든가 교통기관이 런던이 제1일 것이니 이 두 가지에 필적할 대도시는 구세계에서는 찾지 못할 것이다. 런던 인구가 약 900만이라 하니 전 조선 인구의 반수 이상이며 스칸디나비아 반도 양국 인구보다도 훨씬 많다. 이 다수의 인구를 포용한 런던의 교통기관 중심의 힘은 자동차에 있으며 공중용으로 공중 자동차가 시내외 어디든지 통하며, 전차라야 극히 한산한 부분에서 볼 수 있으며, 그 외에 지하철도와 각 철도회사에서 경영하는 기차도 역시 시내 외에 연락이 되는 것이다. 런던에서 제1 복잡한 곳은 피커딜리, 서커스, 채링크로스, 뱅크, 옥스퍼드, 카슬 등 7, 8곳이니, 어떻게 복잡한 것은 누구든지 상상키 어려울 것이다. 사방에서 쉴 새 없이 모여드는 수백의 자동차는 교통 순사의 지휘를 기다리며, 이 뒤를 이어서 이쪽에서 저쪽으로 건너는 보행인은 수십 명씩 되는 것이다. 자동차가 많기는 영국이 제2위라고 한다. 과연 그럴 것이다. 내가 사는 촌에도 대개는 자동차를 가졌을 뿐 아니라 시내외에서 여자들이 자동차를 모는 것을 흔히 보게 된다. 영국의 자동차는 교통용뿐 아니라 운동용인 것을 잊지 말아야 할 것이다. 런던에서 제일 복잡하고 중요한 곳이 어디냐 물으면 뱅크라고 할 것이다. 이곳이 런던시에서만 그럴 것이 아니라 대영제국에서 그럴 것이니, 이곳이 재정구역으로서 취인소와 영국은행, 기타 사립은행들과 또 그 외에 무수한 식민지 급 외국은행의 지점들이 있어 실로 세계를 지배하는 중추라고 하야도 과언이 아닐 것이다.

수 십층씩 되는 건설물이 없는 런던에서는 템스강변에 충천 지세로 반공에 솟은 의사당의 고탑은 세계를 굽어보며 만민의 고락을 쥐고 있는 것 같으며, 바로 그 앞으로 소리 없이 흐르는 템스 강수는 만고의 비밀을 아는 것 같이 보인다. 이 의사당 속에서 영제국을 만들었으며 육대주 오색 인종을 통치

하나니, 그러므로 이 고탑에 국기가 날리는 날에는 모든 세계 위정자의 이목은 이곳으로 끌게 되는 것이다. 이 의사당이 비록 석조이나마 영인에게는 금조같이 보일 것이며, 영인의 자랑거리일 것이다. 토요일이면 공중에게 관람을 허하나니, 이날에는 외국인은 물론이거니와 무수한 영인들도 역사가 있는 이 의사당을 구경하러 모여든다. 내부를 보면 그리 화려할 것 없으며, 상하 양원이 한 집 안에 있으며, 실내가 너무 좁으나 역사가 있다 해서 그러한지는 모르겠으나, 개축설은 없다고 한다. 물론 구주에서 이 의사당보다 우출 할 의사당은 없으나 오직 근사한 것은 하나 있나니, 나는 헝가리 수부에서 이 의사당을 모방하여 지었다는 의사당을 보았다. 이제 영국 의사당을 보고 그것을 생각해 보니 매우 근사하다. 아니 의사당뿐 아니라, 의사당이 있는 그 근처가 런던 의사당과 근사한 것은 누구든지 보아서 알 것이다. 템스강변에 우뚝 솟은 의사당이나, 또 나우강변에 우뚝 솟은 의사당도 마찬가지이며, 양쪽 강에 다 철교가 걸쳐 놓였으니 런던의 탑 교와 부다페스트 Budapest의 엘리자베스 다리는 다 같이 이름이 있는 것이다.

템스 강상에는 16개의 인도교가 있으며 이 중에 유명한 탑 교가 있으니, 이 다리가 만인으로 하여금 런던을 보고 싶게 만드는 것이다. 석철을 써서 다리를 잘 놓았다. 이 다리가 하로 몇 번씩 개폐가 되나니, 이때마다 무수한 선박이 템스강에 상하하게 되며, 어느 때든지 탑교에 서서 바라보면 강수는 대소의 선박으로 덮혀 있다. 한강 인도교에서만 투신자살이 있는 것이 아니라, 흔치는 않아도 템스강 인도교에서도 동일한 사실을 듣게 된다. 강상에 철교만 있는 것이 아니라, 한강 넓이만 한 템스강 밑을 뚫고 인도를 만들었으니, 이것을 독일한보 엘베강 밑에 있는 인도에 비하면 대단히 좁은 것이다. 의사당과 대립하여 웨스트민스터 사원이 있으니 영국 내에서는 상당히 크다고 하나, 파리에 노트르담 성당밖에 안 되어 보인다. 정거장으로는 워털루가 제1 크다고 하되 독일 라이프치히 Leipzig 정거장에 비하면 26 대 21 승강장의 차이가 있다.

시내를 떠나서 윈저Windsor의 1일 청유는 추절에 가장 적당하나니 단풍도 보고 귀족과 부호의 자제들이 다니는 이튼대학이며 이궁을 구경하는 것이니, 이 이궁에는 빅토리아 여왕과 기타 황족들의 장지도 있다. 이곳 외에 햄프턴 궁전과 부시 공원은 윈저에 못지않은 명소이다.

조선 고서화와 천만 원 가격의 보물

런던대학도 외관상 대륙대학들과 다를 것 없으며 영인 소위 일류신사가 산다는 버킹엄궁은 그리 굉대하지 못하나 질소하고도 위의가 있어 보이는 것은 대륙에 있는 각 왕궁보단 나을 것이다. 위치로 보아 묘하게 만든 성 제임스와 그린 공원 중간에 있으니 경치가 훌륭하고, 노대에 나서서 6군을 호령할 수 있으니 그 앞이 얼마나 넓은 것을 알 것이다. 일요일에 정치 종교 연설지로 유명한 하이드, 아름다운 리젠트 공원들이 있으며, 그러나 리치먼드 공원이 제일 크다고 한다. 동식물원의 내용이 풍부한 것이며, 국립 미술관에 있는 각 화폭이 유리 벽 속에 들어 있는 것도 영국 외에는 드물게 볼 것이다. 그러나 많은 명화가 없는 것이 유감이다. 브리티시British 박물관은 세계의 제일이라고 한다. 각 시대 각지의 풍습을 알 수가 있나니 가령 로마 문명 유물이며 홍흑인종의 원시 생활방식도 이곳서 볼 수 있는 것이다. 그러므로 이것이 글자대로 대집성이다. 이 박물관에 만방의 고금 서적을 비치하여 공중의 열람을 허하니 이것도 영인의 자랑거리이다. 이 박물관에 고려자기가 상당히 많이 진열되었으며 도서 진열부에 오경 백편과 이륜도 각 1권이 있고 그 외에 우표가 있으며, 미술 진열부에 화자 미상인 인물화가 1폭 있을 뿐이다. 이 박물관 속에 있는 모든 실물 중에 천만 원의 가격이 된다는 화병이 진귀한 것이다. 이 화병은 금은 주옥 진열부에 있나니 원래 2,000년 전 로마 황제 소용품으로서 지중에 묻혀있던 것을 근년에 로마 부근에서 발굴하였다고 하며, 산산조각 났던 것을 오래 두고 고심하여 부쳐서 다시 원형을 만들었다. 남색 유리병에 조각이 있으며, 그 조각이 백색인 것이다. 2,000년 전 고인의 수공을 보고 누구든지 상탄할 것이다.

런던시에 동상이 많이 있지마는 넬슨Horatio Nelson이나 웰링턴 Arthur Wellesley Wellington 동상이 제일 좋을 것이며, 위치 역시 제일일 것이다. 이 두 사람이 영국으로 하여금 패권을 잡게 하였다고 할 것이다. 지구의 경도가 시작되는 그리니치 천문대는 잘도 만들었으며 조망이 아름답다. 시 동단에 있는 빈민 지대는 런던에 비하여 너무 차이가 심하며, 중국인 거류지는 더말할 것도 없다. 이곳서 중국인의 독특한 상점들을 보게 된다. 런던에 2, 3곳이나 되는 중국 요리점은 영인의 사랑을 받는다고 한다.

웸블리 박람회-영국의 부강, 세계의 축소

우리의 사상 지식으로는 로마제국의 부강과 한 광무의 영역과 당 태종의 판도와 성길사한의 정복이 거대하고도 유례가 없는 것이라 한다. 육대주에 영토를 두고 이곳들에서 나는 물산으로 하여 날로 은성하여 가는 영국의 금일의 부강에 비하면 실로 천양지차가 있나니 영 제국 이곳 세계요, 세계가 곧 영 제국일 것이다. 영 제국의 현세를 보라. 전 세계 인구의 4분지 1, 전 지구 면적의 4분지 1을 가졌으니 영국이 전례가 없는 제국이 아니며 부강이 세계의 제일이 아니고 무엇이냐. 나는 영국의 군력을 모르며, 또한 이것에 대한 지식도 없다. 그러나 이번에 열린 웸블리Wembley 박람회를 구경하니 이것이 영 제국의 국위를 말하는 것이며, 또한 세계 축소형일 것이다. 현대 과학을 응용하여 제출한 산품을 보이는 공업 관과 기계력이 얼마나 충실한가를 보이는 기계 관이 있나니, 나는 이 두 가지가 박람회의 중심이 되리라고 생각한다. 공업 관에서 거대한 기계를 사용하여 순식간에 수백 수천의 면포를 만들며, 그 외에 일용품이 없는 것 없이 구비하게 산출하는 것을 보이며, 기계 관에서는 기관에 장치한 대포는 물론이지마는 영인의 생명이라 할 만한 조선술의 발달을 보이는 것과 또는 현대 생활에 1일도 불가결할 전기기계의 진보와 또 그 외에 현대 교통기관으로서 자웅을 다투는 자동차와 비행기가 진열되어 있나니, 이 두 출품 관은 확실히 모국의 산업과 기계력의 풍부와 충실을 보이는 것인 줄 믿는다.

그다음 대양주, 뉴질랜드, 말레이반도, 미얀마, 캐나다, 인도, 남아프리카, 동아프리카, 홍콩 등 각 식민지의 출품 관이 있으며, 매 출품 관마다 해 토지의 남녀를 볼 수 있는 것이다. 이러한 출품 관들을 볼 적에 영국인은 자기네 일상생활에 식민지가 얼마나 필요한 것을 알 것이며, 외국인은 영 제국의 부강의 주초가 되는 줄 알 것이다. 가령 각 식민지 중에 가장 긴요한 것은 황금과 목축업으로 해서 생기는 양모, 식료품 또는 각종 고귀한 목재를 가져오는 대양주일 것이다. 내 생각건대 만약 영국이 대양주를 잃는 날이면 영국은 쇠망할 것이다. 이 대양주뿐 아니라 남아프리카가 중요한 것을 기억하여야 하겠다. 나는 작년 가을 스웨덴에 갔을 때에 고텐부르크Gothenburg에서 열렸던 박람회를 보고, 그 내용이 충실한 것과 규모가 굉대한 것을 칭찬하였더니, 이제 웸블리 박람회를 보니 고텐부르크 박람회는 도저히 이것에 당하지 못할 것이다.

각 식민지 출품 관에서 운집하는 남녀를 볼 뿐 아니라, 이 박람회를 구경하려고 세계 각지에서 운집하는 남녀로 해서 언제든지 가서 보면 인종 전람회 같은 때가 많았다. 관객의 매주 평균 100만 명이나 되었으며, 그중에 4 왕, 5 왕후, 2 수상이 대륙과 이집트에서 왔다고 한다. 이 박람회를 1일에 보려하는 것은 전 구주를 1일에 보려는 것 같이 불가능이라고 한다. 과연 그럴 것이다. 각 출품관 외에 무수한 오락장까지 있으니 누구든지 가서 보면 수긍할 것이다. 나도 두 오후와 전일을 기웃거렸다. 다음 봄에는 파리에 박람회가 열린다고, 벌써부터 이것을 보고 싶은 마음이 간절하다.

런던의 수특지대

영국의 부강은 박람회만 통하여 알 것이 아니라, 좋은 물화가 많이 있는 큰 상점들이 많은 리젠트 가를 중심으로 하여 이리저리 다녀보면 누구든지 알 것이다. 이렇게 좋은 물화가 많이 있는 곳은 전후 대륙에서는 찾지 못할 것이다. 이러한 물화가 전후 대륙에서 보는 현상대로 비싼 돈을 가진 외국인에게 팔리는 것이 아니요, 모두가 화려에 취한 영국 신사와 여성에게 소비되는 것이다. 그들도 로마 쇠망의 원인을 잘 안다. 그러나 각 식민지에서 오는 화려한 소산품은 그들의 마음을 동케 하는 것이다. 나는 최근에 이러한 경험이 있다. 이탈리아 성악가 맬리커치 부인 연주회 입장권을 사려고 대리점에 갔었다. 물론 나도 추측은 하였다. 그 부인은 세계적 명성이 있는 이로 일찍이 예매를 하려고 한 것이 50일 전이며, 중등석을 얻으려는 것이 전부 매진이 되고, 남았다는 것은 최하등석 밖에 없어서 2원이나 주고 한 장을 얻어놓고 물러섰다. 이뿐 아니라 영국서 제일 크다는 로열 앨버트 음악당은 만 명의 좌석이 있다는데, 내가 본 경험으로는 언제든지 그렇게 좌석이 남지 않았다. 이것만 보더라도 영국인의 생활이 얼마나 여유가 있는 것을 알 것이다.

구라파를 처음 구경하는 이면 구경이 좋기로 구라파에서 이르는 피커딜리 서커스만 보아도 구라파 구경의 본의는 잃지 않을 것이다. 이곳을 중심으로 하여 연극장 지대가 있나니 각종 연극장이 총총히 있어서 무엇이든지 다 볼 수 있으며, 하루는커녕 며칠, 몇 달을 향악 할 수 있을 것이다. 이곳에 전후에 신축이라는 연극장이 일전에 낙성되었나니, 건축 방식이야 타 극장과 동일하지마는 특이한 것은 극장 내에 예배당이 있는 것과 부인 흡연실을 만든 것이다. 이것이 확실히 신 소식일 것이다. 묘하게 꾸민 그린공원을 앞으로 두고 정치, 학술 기타 구락부가 집합되어 있나니, 이곳을 일러서 구락부 지대라고 한다. 그러나 영국인은 대륙 제 국민보단 가정생활을 조화하며 운동을 즐기고, 개인주의를 사랑하는 국민이다. 영국의 기후, 특히 런던 일대를 중심으로 하여 안개가 끼는 것이니, 심할 때에는 백주 가로에 불을 켜며, 옆에 선 사람이 아니 보일 때가 있다. 그뿐 아니라 안개가 하루에도 몇 번씩 왕래하나니, 이러한 험악한 기후와 싸우고 살려면 외출을 잘 안 하는 것과 운동에 유의하여야 할 것이다. 남녀의 운동은 영국이 제일일 것이며, 본국서 보든 그 좋은 일기는 구라파에서는 별로 못 보았고 작추 스칸디나비아 반도에서 밖에 보지 못하였다.

시장 취임일과 휴전 기념일

런던 시장이 되는 것은 일생의 영예이요, 그 영예 됨이 총리 대신 낫다고 하여, 영국인은 누구든지 부러워한다. 11월 10일은 매년 1차씩 있는 런던 시장 취임식 일이다. 이날 정각 전부터 시청 전에서 재판소 전까지 인성을 쌓았다. 이 거리가 불과 10분이지마는, 시장의 영예를 보이는 행렬은 이리저리 돌아가게 되었으며, 그 위의의 당당한 것이야 왕공을 누를 것이다. 선두에 각 연대의 군악대와 그 뒤들 이어서 보병, 기병, 포병, 중포병, 사관 학생, 해군, 해군 견습생, 소년대, 견 2두, 역대시장 모형인, 시참사 그러고도 간간히 군악대, 경찰서장, 시수위 대장, 그 뒤에 육두마차에 금관 홍의가 시장이고, 이 뒤에 다시 보병, 군악대, 기병 순사 이와 같은 행렬이 13분 동안이나 내 앞으로 지나갔다. 이날 오후에 시청에는 시장이 연설을 하고, 당노대관과 조야 명사를 청초하였나니, 당 석에서 총리대신의 연설은 시청 연설로서 각 외국신문에 비평이 올랐다.

시장취임식 다음 날은 세계 대전이 끝나던 날이다. 이날 오전 11시를 전사자의 추도 기념식 시로 정하여 연합국 측에서는 일제히 거행하는 것이니, 이날 이 시가 추도하는 의미도 있지마는 한편으로는 생자로서 승리를 축하하는 의미도 있는 것이다. 이날은 특별 무도회와 유흥을 많이 보게 되었다. 이날은 아침부터 기념탑이 있는 의사당 근처 넓기가 경성 종로만하고 길이가 경성 종로에서 이현가기만 한데 발 디딜 틈 없이 사람이 모였으니 수십만으로 셀 것이다. 이 시간에는 어디서든지 수십 수백이 몰려 선 것을 보았다. 11시 조금 전에 기넘탑에는 영국 왕 조지 5세가 제왕자와 문무백관을 거느리고 화환을 드리며 이 식이 끝이 나자 의사당에 걸린 시계는 11시를 보하며 이 소리와 아울러 하이드 공원에 있는 신호 포는 힘없이 텅하고 소리가 났다. 가던 사람, 일하던 사람, 가던 자동차, 가내나 가외를 물론 하고 동작은 멈추었다. 2분 후에 다시 신호 포 소리가 들리자 모든 동작이 시작되었다.

이 모인 남녀 중에 아버지나, 남편이나 아들을 죽이고 상한 사람들이 많겠지마는, 내 옆에 서 있던 노부인은 목이 메여 울었다. 나는 이 광경을 볼 적에 매우 애처로웠다. 저들은 왜 전쟁을 하며, 또는 하지 않으면 안 되는지 생각해 보았다. 그러나 이것이 용이하게 해결이 될 것이로되 무서운 난관이 있는 것이 염두에 떠올랐다. 저렇게 비창하든 사람이라도, 명일에 동원령이 내리면 다시 아버지나 남편이나 아들을 죽이고 상할 것은 분명한 것이다. 휴전 기념 전일에 《런던타임스》는 논설을 내고 독일이 음연히 군비에 주의하는 것을 지적하여 차전을 말하고, 비행기, 탱크, 독환사가 필요한데 논급하여 공업 제일을 주장하였다. 이와 같이 세계는 군비를 서로 앞서 준비하며, 또다시 세계의 평화는 요원하고, 인류는 서로 선혈을 흘리게 될 것을 생각하니 식은땀이 나고 말았다.

11월 11일을 중심으로 하여 런던은 꽤 바빴으며 구경거리가 많았다. 제국 영토 내의 각종 종교회의 이집트 수상 방영, 공관 방영, 러시아 편지 사건, 이 사건에 관련하여 재야당 대 정부의 정쟁, 의회 해산, 보수당의 대첩과 자유당의 참패, 보수당 내각의 성립, 런던 시장 구임식, 휴전기념일 등이니, 이 중에 보수당 내각이 출현될 것은 누구든지 추측하였던 것이다. 이로부터 현안이든 신가파는 해군 근처지로서 완성을 볼 것이요, 발칸 반도가 아직도 완정이 못되었나니, 그것은 그리스와 터키의 갈등이다. 최근 사실을 보더라도 영국 정부는 희등정부에 해군 고급장교를 파송하였나니, 이로부터 희등정부는 해군력 충실에 주의할 것은 분명한 사실일 것이다. 동양의 화근은 중국에 있고 서양의 반란은 발칸 반도에서 일어날 것을 기억해야 할 것이다. 영국에 보수당이 정권을 잡게 된 지 불출 기일에 미국 총선거의 결과는 공화당이 계속하여 승리를 얻었다는 보고가 왔으며, 이 형세를 관망한 독일 국민당은 영국 보수당과 친교를 맺어볼까 하는 의사가 보였다. 현하에 생기는 모든 현상을 가지고 생각해보면, 속담에 5, 6월 더부살이 혼자 걱정하는 셈으로 세계는 점점 불안해 보일 뿐이다. 보수당 내각을 수립한 영국민은 본래 보수적 정신이 깊은 국민이니, 그것은 그들의 일상생활에서 발견할 것이며, 그뿐 아니라 그들은 매사에 가장 침착하여 경거하는 법이 없나니 보통 의미에 있어서 영국민은 대국민이라 할 것이다.

영국 유학과 세계 만유

학비를 중심으로 한 여러 가지 사정으로 4, 5년 전까지도 구주 유학생이 10인 내외밖에 안 되다가 한번 시작이 된 후로 일시에는 약 70여 인이 되었고, 60여 인이 독일에 있고, 영국에는 3, 4인에 불과하였으니, 이것은 순연한 학비 문제이었다. 지금 구주 유학생 현장으로 보아 독일에 약 40인, 영국에 6인, 오스트리아에 3인, 스위스에 2인 합 50인밖에 안 된다. 물론 어디 유학이든지 첫째 학비충족, 둘째 신체 건강, 셋째 가내 무고라는 3조건이 구비하여야, 비로소 그 목적을 완성할 것이다. 더구나 구주는 미주와 달라서 첫째 조건이 완비치 못하면 유학하기가 불가능하거니와, 그 중에도 영국에 오려면, 상륙할 때에 일정한 기한에 충용할만한 학자금을 관헌에게 보여야 입국허가를 얻게 되는 것이다. 그러나 나는 이러한 사실을 많이 보았다. 유학생 중에는 부형의 양해가 있으며, 또는 그만한 학비의 공급을 받을만한 자제로서 늘 학비로 해서 곤란을

당하는 것이다. 나는 그 부형들의 처사를 이해할 수 없었으며, 더구나 그 상황을 보는 서양인들은 더 말할 것 없다. 구주에서 유학할만한 곳 중에 영국이 제일 비싼 곳이며 둘째 독일, 오스트리아, 스위스, 일 것이다. 가령 런던 대학생 생활을 하려면 매월 영화 30불(320원) 매년 360불이 있어야 할 것이니 이것은 순연한 기숙비와 월사 밖에 안 되며, 이것에 피복비로 매년 40불 합계 400불이면, 근근이 지내고, 자기 자제도 하여금 구미 유학의 본의가 나게 하려면 구주대륙과 영국 내 여비로 매년 일정한 학비 외에 약 70불씩 가예산이 있어야 할 것이니, 대륙에 있는 이는 영국을, 영국에 있는 이는 대륙을 보는 것이 구주 유학 전체 의미의 반분을 이루는 것이다.

인생의 최대 욕망은 다지에 있으며, 다지는 다견에 있고, 다견은 세계를 편견 하는 것만 갖지 못하나니, 그러므로 나는 인생의 최대 욕망은 세계를 보고 싶어 하는 세계 만유에 있다고 한다. 나는 이 의미에 있어서 본국 인사에게 세계 만유를 권하나니, 이것이 개인의 욕망만 만족시키는 것이 아니라, 남의 살림을 보아서 우리 살림을 고치는데 이익이 있는 까닭이다. 기간은 약 10개월, 여비는 12,000원으로 구미 10개국을 볼 수

있나니, 이것이 용이한 것은 아니나, 구미를 본 후에 비로소
본국에 앉아 상상하던 것보다 여러 가지 점이 다른 것을 알
것이다.

황술조 . 연못(수련) . 1934

이광수

명문의 향미

이광수

1892.3.04~1950.10.25

소설가, 시인, 문학평론가, 언론인, 번역가

일본 유학 중 여러 시, 소설, 논설을 발표하며 활동을 시작했다. 귀국 후 오산학교에서 교사로 재직하다 망명하여 도쿄, 상하이 등지에서 독립 운동을 했으며, 임시정부에서 발간하는 《독립신문사》 사장 역임, 1923 년 《동아일보》 편집국장, 1933년 《조선일보》 부사장을 지내며 독립의 정당성을 세계에 주장하며 「무정」, 「흙」, 「단종애사」 등 대중적 인기를 누린 작품도 여럿 썼다. 그러나 1937년 수양동우회 사건으로 투옥 후 친일인이 되었으며 이후 본인의 창씨개명은 물론 창씨개명과 황민화 정책을 지지하는 글을 신문에 게재하기도 하였다.

나는 세계 일주 무전여행을 할 생각으로 4년간 인생의 가장 아름다운 시기를 바친 오산학교를 떠나서 안동현에 갔다. 오산학교를 떠날 때에 여러 어린 학생들이 이십 리 삼십 리를 따라오며 눈물로써 석별해 준 정경은 내 일생에 가장 잊히지 못할 중대성 있는 사건이다.

그때 내 나이 스물셋, 흉중에는 발발한 웅심과 공상적 방랑성으로 찼었다. 그때 뜻 있다는 사람들은 많이 압록강을 건너 슬픈 노래를 부르며 해외로 방랑의 길을 나섰던 것이다. 신채호, 윤기섭 같은 이들이 다 그때에 오산을 거쳐서 떠났다. 나도 그 조류에 휩쓸린 것이라고 하겠지마는, 내게는 독특한 나 자신의 이유도 있었던 것이다.

안동현서 한밤을 자고 나니 낭중에 소존 한 칠십몇 전, 이것을 가지고 봉천을 향하고 갈 수 있는 데까지 가고 걸식여행으로, 직접 하남 등지를 지나 남경으로, 상해로, 항주로, 복건으로, 광동으로, 안남으로, 인도로, 이란으로 끝없는 방랑을 계속하려는 것이었다.

바로 객주 문을 나서는데 천만의외에 위당 정인보 군을 만났다. 군은 수년 전 경성서 일면식이 있었을 뿐이요, 아직 친하다고 할 만한 처지도 아니었다. 그러나 나도 위당의 문명을 흠모하던 터이므로 반갑게 그의 명주 고름같이 가냘프고 부드러운 손을 잡았다. 「이거 웬일이요? 그런데 대관절 어디로 가는 길이요?」 하는 것이 그가 내게 하는 인사였다. 나는 노방에 선 채로 내 의도를 대강 말하였다. 내 말을 듣던 위당은 「그게 말이 되나. 이 추운 때에…… 대관절, 상해로 가시오. 상해에는 가인(당시 홍명희 군의 호)도 있고, 호암(문일평 군의 호)도 있어. 나도 집에 다녀서는 곧 도로 상해로 나갈 테야」 하고 나를 강권하였다.

나는 처음에는 몇 마디 고집을 부렸으나 마침내 위당의 호의를 받았다. 위당은 자기 노수 중에서 중국 지폐 10원 두 장을 내게 주었다. 그리고 그 길로 그는 정거장을 나아기 서울로 향하였다.

나는 위당이 준 중화 20원을 가지고 상해까지 선표를 14원에 사고 퍼런 청복 한 벌을 사 입고 악주라는 영선에 선객이 되었다. 그때 동행이 3인인데, 하나는 벌써 고인이 된 정우영 군이요, 하나는 차관호 군이요, 또 하나는 민충식 군이었다. 이 3인은 서울서부터 동행인 모양이지마는 나하고는 안동현 주막에서 처음 만난 동행이다. 그래서 선실도 그들 삼인이 동실에 들고 나는 혼자 한 방을 차지하였다.

때는 십일월, 용암포 연산에 하얗게 눈이 덮이고 갑판에 얼음 판이 생길 지경이니, 난방장치 없는 선실의 추위는 말할 것이 없어서, 출범하기 전날 밤, 한밤을 담요로 몸을 꽁꽁 싸매고 한 간 통도 못 되는 선실 안으로 왔다 갔다 하며 새워 버렸다.

영구에서 곤경

배는 대련을 잠깐 들러서 영구에 왔다. 그런데 악주호 무슨 일인지 영구에 머물러 버리고 우리 일행을 영구 시가에 내어 던지었다. 우리는 시중의 어떤 중국 여관에 들어서 다음 배가 떠나기를 기다리느라고, 분명히 기억은 못 하나 3, 4일을 거 기서 유련하였다.

이에 걱정이 일어났다. 그것은 내 노비가 떨어진 것이었다. 모 두 20원에서 선표가 14원, 청복이 아무리 싸도 3원 얼만가 4 원은 되었고, 안동현서 삼대낭두 본선까지 오는 쌈판비가 또 적지 않았으니, 나중에는 1원도 여재가 없었던 판이다. 상해 로 직항만 하면 배에서 밥은 얻어먹으니 걱정이 없으련마는, 중로에서 여관에 들게 되니 일박 요금도 낼 힘이 없었다. 그 때에 나는 참으로 죽고 싶었다. 이러지도 저러지도 못하는 꼴이라니 이런 곤경은 없었다.

내 곤경의 눈치를 먼저 챈 이가 차관호 군이었다. 군은 영구 유숙비는 염려 말라고 나를 위로하였다. 그렇지마는 상해에 간 대야 돈 나올 구멍 없는 내가 객지에 난 남의 돈을 얻어 쓴다는 것이 염치없는 일이지만 부득이하여 막무가내 하였다. 나는 차관호 군의 호의를 받아서 이 곤경을 면하였거니와, 아직 그 후의를 도저히 천원 만원으로 헤아릴 수가 없을 것이다. 그때 정우영 군도 차 군의 도움으로 여행하던 모양이었다. 상해에 가는 선 중에서 일어난 사건 하나를 더 붙여 말할 것이 있다. 그것은 내 모자가 너무 낡았다 하여 민충식 군이 미국 군대식 모자 하나를 내게 기부한 것이다. 속에는 때 묻은 서양목 바지저고리를 입고, 겉에는 퍼런 무명 청복을 입고, 이 미국 군모를 쓴 내 꼴을 상상하면 지금도 실소를 하게 한다. 게다가 그 청복이 염색이 안정되지 아니하여서 손과 모자지에는 아청물이 묻었다.

명문의 향미, 상해에서

우리 일행은 용암포 연산 위에 첫눈이 덮인 것을 보고 배에 오른지 수일에 영구, 대련, 연태, 청도를 두루 거처 어젯밤을

오송포대 밑에 지내고 아침 해 뜨기 흐리건만 물결 없는 황포
강을 거슬러 연황색으로 서라에 물든 두 눈의 유색에 반영하
는 황색 많은 아침 햇볕을 등에 지고 동쪽 큰 바다 런던을 잇
는 상해 부두를 향했다. 아직도 얼마 만에 하나씩 물의 심천
을 표하는 부표에 채 꺼지지 아니한 전등이 가물가물하며 준
설공사에 종사하는 뭉투룩 한 배에는 새로 발동기에 물 끓이
는 석탄 내가 갈 길을 모르는 듯 구불구불 서리고 우리 배는
휘임한 물 구비를 아주 살금살금 추진기 소리도 들릴락 말락
진행하며 선객들은 자리와 짐을 모두 묶어놓고 어서 상해시
가를 보려고 갑판 위에 나와 혹은 선측에 기대어 「저기는 어
디요, 여기는 어디」라고 처음 온 여객에게 지점 하는 이도 있
고 혹은 외로운 나그네 몸으로 말할 동무가 없어 정처 없이
바라보는 이도 있고 혹은 희색이 만면하여 앞뒤로 왔다 갔
다 하는 이도 있다. 선원들도 옷을 갈아입고 신을 닦고 선교
로 거닐며 수부들은 무자위와 비를 들고 갑판을 닦느라 야단
이다. 나도 처음 오는 길이라 이상하게 신경이 흥분하여 몸이
들먹들먹하오며 한껏 망망한 전정을 생각하니 길게 한숨도
나온다.

서편 안개 속으로 어떤 커다란 뭉치가 팔릉경 모양으로 번쩍

번쩍 일광을 반사하면서 점점 가까이 왔다. 들은바 장강에 객실이 하는 배라는데 커다란 목판 위에 3층 누를 지어놓은 듯하며 난간에 오누인 듯한 서양 아이 3, 4명이 설백색 곱고도 단출 한 옷에 모자를 비스듬히 쓰고 우리 배를 향하여 무슨 조롱을 하는 모양 우리 배에 탄 꼬리 달린 선객들도 무어라고 욕설로 대구를 한다. 돌아본즉 우리 배 뒤에도 서너 척 윤선이 우리 배 모양으로 슬금슬금 뒤따라오나 모두 좁은 강이라 밤에는 입항을 금함으로 오송 입구에서 지나고 아침에야 상해 부두로 가는 모양이다.

차차 애나무숲 사이로 정자와 공장과 목장 같은 것이 드문드문 보이고 입길에 컴컴한 안개는 더욱 농후하오며 얼마 만에 중류에 닻 주고 선 배도 한두 척 보이며 저편 그리 크지 못한 선부에 밑 빠진 낡은 윤선이 공중에 앉혀 수선하기를 기다리는 모양이다. 그 앞에 장두에 고무줄놀이 같은 것은 중화민국 군함의 무선 전신일지며 좀 더 올라가 휘임 한 물 구비를 지나니 문득 딴 세계다. 안개 속으로 4, 5층 높고 큰 누각이 빗살박이듯 하고 그 좁은 강의 좌우 언덕에는 윤선과 삼판이 겹겹이 서고 또 겹겹이 섰으며 장두 높이 가운데 흰 청기를 날리는 것은 방금 출범하려는 배들이다. 이제는 산 도회의 분주

잡답한 빛과 소리가 난명하는 악기 모양으로 대기에 착잡한 색형와 파동을 일으킨다. 한복판에 거만하게 우뚝 선 미, 영, 불의 철갑함을 스쳐 나오는 유량한 군악을 들으면서 우리 배는 강 남안 부두에 조심히 그 우현을 닿았다. 예양이니 체면이니 하는 것도 한가한 때에만 쓰는 놀이감인 영하야 항해 중에는 꽤 점잖은 신사숙녀도 전후도 돌아보지 아니하고 앞선 사람을 밀고 곁에 사물을 물리치면서 저 가끔 먼저 내리려 하는 모양은 아마도 인생의 수성이 발로된 문명이니 도덕이니 짓거리는 인생이 가련도 가소도 하다. 혹 이것이 미개한 동양인이어서 그러한지도 모르거니와 동주하였던 양인 하나가 발길로 동양인을 차고 앞서 내리는 것도 그의 강력이 우리보다 큰 줄을 알겠거니와 도덕성이 발달함이라고는 허하지 못하겠다. 원래 민첩지 못한 나는 한구석에 우둑하니 섰다가 맨 나중에야 내렸다. 동행은 어떤 사람들과 짐을 가지고 다투었다. 그 사람들은 아주 친절한 소리로

「짐을 제가 받아들이리다」

「싫다. 저리 가거라」

「아 그러실 것 없어요. 제가 잠깐 받아들이지요」

「놈아, 저리 가」

나는 이처럼 친절하게 하는 이에게 동행의 하는 행동이 너무 박하다 하였더니 짐을 한 걸음만 옮겨놓아도 1원 2원 돈을 빼았는다 한다. 그 사람들이 한사코 짐을 달라고 매어달리거늘 내 친구가 웃으며 「영어로 욕을 하지 저희 말로 하면 우습게 보는 걸요」하고 눈을 부릅뜨며 발을 퉁 구르며 주먹을 둘러메니 그제야 고개를 푹 숙이고 무어라고 중얼거리며 달아난다. 나는 불쌍한 그 동포를 위하여 매우 속이 불편하였다. 그네가 왜 그리도 염치를 잃었는가. 그네가 요순과 공맹을 가지고 4백여 주의 고강과 4억만의 동족과 5천 년의 문화를 지닌 국민이 아닌가. 그가 어찌하여 손해를 천성보담 더 두려워하게 되고 내 집에 기류 하는 자에게 도로 수모를 달게 여기게 되었나. 그는 이제는 천대가 익고 또 익어 마땅히 받을 것인 줄 알리만큼 익숙했다. 또 그네는 우수하고 풍요한 자연 속에서 생장한 이들이니 그네가 이렇게 부패 타락한 제1원인은 농촌이라는 고향을 떠나 도회의 화려한 안일을 탐함이오, 둘째 원인은 그네가 현세에 양반의 표준 되는 강국민이라는 문벌이 없으며, 셋째는 그네가 도회 생활-문명 생활의 자격이 문명의 교육을 받음에서 나오는 줄을 모르고 아무나 문명한 도회에만 나오면 문명인이 누리는 화려한 안일을 받을 줄로 망상함이다. 이 밖에도 상해 시내에서 과도한 노동과 영양과 위안이 부족으로 영혼을 수화케 하고 건강과 목숨을 주리는 수만 명 인력 거부와 밤낮으로 도적할 자리만 찾고 돌아다니는 사람들이 다 경착을 잊어버린 죄장으로 받는 벌인가 한다.

우리는 새우같이 생긴 삼판을 타고 적은 배 큰 배 사이로 오불고불 저어 법함 전축을 스쳐 돌아 하마터면 쏜살같이 달려 나오는 소기정에 충돌할 뻔하면서 큰 배들이 남겨놓은 물살에 노를 저으면서 맞은편 황포탄 부두에 무사히 상륙하였다.

강안과 평행 하는 대도의 이름도 황포탄이라 잎 넙죽넙죽 한 백양목이 운치 있게 강안으로 들숭날숭 버리어서고 그 그림자로 전차, 마차, 자동차, 인력거 정신이 휑하게 왔다 갔다 하며 외아하게 돌로 지은 회사 은행 대궁실은 이곳이 제일이라는데 중국 대국의 재정을 주물럭거리는 회풍은행은 더욱 유심하게 보이며 그 줄로 니억니억 나라는 적어도 돈 많기로 유명한 벨기에 은행과 기타 어느 나라 은행이고 이곳에 지점 하나라도 아니 둔 이가 없다 하니 중국의 금융 중심이 이 묘액만한 황포탄두에 다함도 원래 한 객에게는 이상한 감상을 준다. 이 은행들의 주등이가 4백 주 방방곡곡이 안간데 없이 중국의 광산이니 철도이니 하는 끝을 물고 4만만 못생긴 차이나 인의 고혈을 쪽쪽 빨아먹거나 할 때에 몸에 소름이 끼치오며 저 커다란 유리창 안 컴컴한 금궤 속에 지나 염세 해관세 우세 등 중국의 문권이 전당을 잡히어서 기한이 다하기를 기다리는 양을 상상하여 파산멸망에 빈 하는 오래된 대국의 정경에 과연 눈물이 진다. 얼마를 안 가서 철책을 두르고 기이한 나무와 풀이 조는 듯한 데는 상해에 유명한 황포탄 공원이오. 문에 서서 졸리는 듯 흔들흔들거리는 키 크고 얼굴 검고 수염을 이 귀밑에서 저 귀밑까지 꼬아 부치고 다홍 수건으로 뾰죽하게 머리를 동매 이는 물을 것 없는 인도 순사라 영미 양조계는 매사를 연합하야 인도 순사로 경내를 호위하게 하고 서단에 있는 법조계만 안남인 순사를 쓰나니 말하자면 앵글로색슨족은 앵글로색슨족끼리 연합하여 그네의 공동한 영광인 인도정복을 표상하기 위하여 인도인으로 가로와 문호를 호위케 함이오, 프랑스인은 라틴족으로 고대 로마의 영예를 대표하고 현대 라틴의 위대함을 표하기 위하여 자기네가 관할하는 안남인으로 순사보를 삼는다. 더욱 주의할 것은 인도 순사의 단발삭수를 금하여 인도의 오래된 풍습을 머리에 두게 하며 안남인도 삭발을 금하고 머리에 꼭 이렇게 생긴 대갓을 씌움과 인도차이나 마차 같은데 부리는 사람으로 쓰려면 중국의 오래된 이상야릇한 복색을 시킴이니 그것은 마치 양인들이 자기네 정승판서의 위풍으로 노복에게 괴상한 차림을 시키어 웃음거리를 삼음과 같으며 또 이 불쌍한 종을 한 흥미 있는 골동품으로 애완함과 같다. 너무 말이 곁길로 들어갔다. 우리는 황포탄 공원에 들어가 육대주의 자연의 정취를 모았다 하리만큼 각각 그 주와 그 기후대 특색 있는 초목을 옮겨다가 원래 천지개벽 이래로 상관없던 초목으로 하여금 용하게도 손바닥만 한 좁은 땅에 조화롭게 배합한 것보다도 더 묘하다. 대조와 조화의 묘를 극하여 과분이라 할 만한 인지의 발달에 혀를 차고 인력거를 몰아 잡답한 상해 중에 제일 잡답하고 화려한 상해 중에 제일 화려한 영대마로로 달렸다. 좌우에 늘어선 4, 5층, 6, 7층 벽돌 양관은 마치 우리로 하여금 천인 좁은 벼랑에서 갈 길을 몰라 북적거리는 듯 담담히 똑바로 뚫린 숫돌 튼 전석 길에 쉴 틈 없이 달리는 전차, 자동차 그 속에 탄 사람은 나같이 할 일 없이 구경 다니는 이가 아니고 그 빠른 자동차도 더디어 걱정하는 분주한 사람이다. 그 집의 문고리는 마찰에 불이 일고 4, 5, 6 전화기는 쉴 틈 없이 늘 울리며 자판 소리, 타자기 소리! 아아 분주한 세상이로소이다. 상해인이 불과 100만이라는데 웬 사람이 이리 많은가. 아마도 방 안에서 낮잠 자거나 바둑 장기 두는 이는 하나도 없고 100만 명 있는 대로 통 떨어져 나와 동서남북으로 발이 땅에 붙어있을 새 없이 뛰어다니는가 보다.

이 중에 다른 세상몰라 하는 듯이 우뚝 서서 점잖게 이 팔을 들었다 저 팔을 들었다 하여 인차의 번잡을 제어하는 인도 순사는 분주한 장거리 한복판에 돌부처를 세워 놓은 듯 과연 그비는 이 분주한 가운데 있건만 이 분망함과 그네와는 아무 관계가 없다.

웅장한 아편전, 총포전에 간담이 서늘하면서 얼마를 달아나니 여기는 법계라 어느덧 10여 분이 다 못되어 중국과 영국을 지나 프랑스에 도달한 섬이다. 법조계는 일가로 격함에 불과하지만 종용하고 쓸쓸하기가 딴 세계라 그 본국의 노쇠 하는 표상인가 하야 슬그머니 설움이 난다. 그러나 도로의 정결함 장림과 가옥의 숙쇄함은 경쾌하고 시적인 정취가 있는 라돈식을 발휘하였다.

상해 이일 저일

상해에서는 백이부로 22호인가, 홍명희·문일평·조용은 군 등이 동거하는 집에 갔다. 내게도 돈이 한 푼도 없지마는 그 양반들도 강목을 치는 판인데, 정인보 군이 본국서 돈을 얻어 가지고 오기를 기다리고 침을 삼키고 앉아있는 꼴이라고 한다. 그렇게 궁한 판에 내라는 식객이 하나 늘어 걱정이다. 침대를 장만할 돈이 있나, 금침 장만할 것도 없거니와, 나는 홍명희 군과 한 침대에서 한 이불을 덮고 잤다. 침대란 게 지질한가. 종려 노로 얽은 것 위에다가 얇은 돗자리 하나를 깔았으니, 무거운 궁둥이를 맞대고 낯을 반대 방향으로 향하고 자던 것이었다.

가끔 양식이 떨어져서는 이제는 고인이 된 예관 신정 씨한테 얻어다가 먹은 일도 있다고 기억된다. 그때 예관은 우리가 있던 집보다 좀 큰 집을 얻어 가지고 7, 8인 학생을 유숙시켰고, 또 영어 강습소도 경영하였다. 신채호와 김규식 씨도 예관 댁에 우거하였다. 이를테면 이때, 1913년경 예관 댁은 상해뿐만 아니라 강남 일대 조선인 망명객의 본거였다. 동제사라는 결사에 예관이 지도자였던 것이다.

그러나 조선 사람 가는 곳에 궁이 따른다. 법(불)조계 일우에 모여 있는 조선인 망명객들에게는 가끔 절량의 액이 왔다. 우리는 하루 종일 즐기는 담배를 굶다가 밥 지어 주는 중국인 하인의 호의로 자전거 표 한 갑을 얻어 소생의 기쁨을 찬양한 것이든지, 조용은 군이 모자와 구두가 없어서 맨머리, 슬리퍼와 바랑으로 프랑스 공원에 볕 쬐러 다닌 것밖에 출입을 못 한 것이라든지, 다 그때 생활을 대표할 재료들이다.

나는 독감이 들었다. 상당한 고열이다. 이런 작자와 한 침대에서 궁둥이를 마주 대고 자지 아니치 못하게 된 홍명희 군이야말로 가엾은 일이다.

의사를 불러올 형세가 되나 신철 군이 의약 지식이 있어서 내 주치의가 되었고, 나중에는 어디서 붕어를 한 놈씩 사다가 손수 고아서 주기를 3, 4일이나 하였다. 그 정성된 애호의 감격은 실로 뼈에 사무쳤다.

내가 '어린 벗에게'라는 글에 쓴 것이 이 일이다. 「내 그저. 되지 못하게 웬 냉수욕은 하노라고」하고 쾌유 후에 홍명희 군에게 실컷 조롱을 받았다. 나는 그때부터 아침 냉수욕을 폐하여 버렸다.

나혜석 , 이화원 , 제작년도 미정

성관호

내가 본 일본의 서울

성관호

교사

나는 약 20일 동안 일본 동경을 구경한 일이 있었다. 연경에 대한 소감도 불무하나 차는 관객의 투어에 불과한바 문자는 일절로 약하고 다만 나의 눈에 비친 동경을 그려보고자 한다. 나의 눈에 비친 동경의 표면은 이러하였다. 우선 동경시의 도로는 도회 도로로는 화려하고 광활하다는 것보다도 차라리 좁고 불결하다. 물론 이것은 지리 기후상으로 습한 평야이며 풍우가 빈번함이라 하겠지마는 적어도 인지가 현장 이상으로 자연을 변경하는 능력이 부족함을 표현하는 것일 것이다. 좌우에 나열한 가옥은 1층보다도 2층 이상이 전부이고 양식보다도 화식이 대부분이다. 소수의 양식 가옥이 아무리 화려 장엄하다 할지라도 그 안색은 화식의 색채 속에 묻혀버리고 말았다. 그런데 화식 가옥의 역사상 혹은 지리상으로 변천된 원인은 그만 두고라도 우선 연약하고 경미한 것으로는 세계에 제일일 것이다. 연약한 것이 지저분하고 더러운 것을 입기 용이하고 경미한 것이 장구치 못한 것은 물론이다. 우리 조선식 가옥보다도 너무 연약 경미한 것 같다. 그래서 신 건축일지라도 바람에 흔들릴 것 같고 비에 쓰러질 것 같으며 또 날로 더러워 가는 백의와 같다. 동시에 전도회의 형색은 화려 장엄보다도 불결부경의 기분이 흐른다. 그래서 사처로 나열된 점포에 찬란 화려한 화물이 전 시가를 장식하여 놓은 것은 마치 벌레 먹은 나무에 꽃이 핀 모양이었다. 그리고 그 화물을 벌인 각 점포는 ㄱ 전면을 전부 얇은 유리창으로 꾸미었음으로 그의 점포의 내용은 밖에서 능히 다 볼 수 있게 되었다. 그래서 관자로 하여금 심장한 무엇이 있는 것 같이 보이지 않고 전부가 이것뿐이요, 하는 무여를 광고함인 것 같았다. 물론 관개는 모두 양식이나 그 착의는 소수가 양복이요, 대다수는 광수의의 화복이다. 광수의라는 의제는 원래 인신을 사실 이상으로 왜소한 것 같이 보이게 하는 것이요, 또 왜소한 것은 일본인의 특질인데 게다가 모두 광수의를 착한 것은 왜소한 중에도 더욱 왜소한 것 같이 보인다. 그러나 왜소한 속에도 발발한 생기가 충만한 것 같다. 발발한 생기 이것 하나이야말로 동양에 패권을 가지고 열강과 병견하게 된 골수며 동시에 일본 혼의 표현일 것이다.

이와 같은 표면의 동경은 비록 초견 자일지라도 별로 놀랄 것도 없고 화려 장엄하다는 생각은 조금도 없다. 그러나 광대하다는 점은 긍정하지 않을 수 없으며 더욱 경시치 못할 것은 전 도회에 충만한 발발한 생기다.

이면의 동경을 보고자 하였지마는 나에게는 그것을 보기에 충분한 시일도 없었으며 겸하여 해득할 만한 안목도 역시 부족하다. 단촉한 시간과 부족한 안목으로도 견과 문이 없는 것은 아니지만 설혹 있다 할지라도 정견 정문이 아닐 것이다. 정견 과 부정견은 세평으로 양하고 그나마 여의 소견을 쓰는 것이 본지임으로 기허의 소감을 기하려 한다.

현행 도덕상으로 본 일본은 평등 도덕보다도 계급도덕이 우세 이고 단체적 도덕보다도 개성적 도덕이 사회를 지배하게 되었 다. 원래 서양의 동서를 불문하고 태초로부터 지금까지의 문화 발전의 대시는 계급도덕이 평등 도덕으로 진행되어 가는 것뿐 이며 지금까지 뿐 아니라 미래 영원까지도 역연할 것이다. 그 러므로 금일에 절규하는 소위 평등 도덕이라는 것도 역시 절 대의 평등이 아니요, 앞으로 얼마든지 평등에 평등으로 진행 될 여지가 무궁한 것이다. 결국 평등이라는 것은 현재는 물론 이 세간의 끝없는 미래까지를 아울러 통하여 최선 차 제일 공 정 한 것을 이룸일 것이다. 일본도 역시 석일 봉건시대의 순전 제, 즉 극단의 계급도덕으로부터 유신 시대에 입하며 일대의 부술을 자가 하여 신 도덕을 건립하여 금일에 미쳐 온 것이다. 그 신 도덕이 금일까지 이르기에는 외래의 풍조가 다소의 변 동을 주지 아니한 것은 아니겠지만 신 도덕을 수립하였다는 것 은 역시 석일의 혹독한 계급도덕 위에 외래의 신풍조로써 가미한 것뿐이요, 근본으로 개조된 것은 아니다. 원래 사회 진보라는 자체가 그러한 것이라 인성의 본질로 인습 되어 온 것을 전연 파괴하고 딴 것을 건립하지 못하는 것임으로 인하여 소위 신 도덕이라는 자체도 계급도덕의 골자가 은연히 묻혀있어 왔다. 그뿐 아니라 유신이 벌써 반백의 연조를 가지게 되었으므로 신 도덕이란 것도 이제는 또 구각을 쓰게 되었다. 외래의 풍조가 없는 것은 아니겠지마는 그 구각을 신선케 하기에는 너무 능력이 부족한 듯하다. 또한 그뿐 아니라 사위 열국에서는 개조 운동이 쟁기 하여 남녀의 평등을 주장하고 노동의 평등을 절규하여 급격의 세로 신 도덕을 건립하게 되었다. 그러나 일본은 구각을 의연히 뒤집어쓰고 전 세계를 대하는 것같이 보인다. 여하간 금일의 일본은 현대적은 아니다. 평소에 생각하던 것과도 딴판 틀리는 일본국이다.

이러한지라 관민이 불평등이요, 남녀가 불평등이요, 빈부가 불평등이다. 관리는 인민을 하시하기 토개같이 하고 인민은 관리를 존시하기 천제 같다. 따라서 관료가 오늘같이 그 직권을 남용하는 것도 아마 이러한 관존민비에서 기인된 것이 아닌가 하였다. 잡지 신문에 연속 기재되는 고관대작의 독직 사건이 모두 이것을 표현함일 것이다. 사회와 국가도 분업으로 조직된 것이다. 그러하다면 관료라는 것도 국가 생존에 대한 분업의 일역군이다. 관료뿐만 아니라 광산의 광부도 촌간의 농맹도 해변의 어부도 어느 것이든지 국가 생존에 사회조직에 일역군 되기는 일반일 것이다. 그러면 동일한 역군으로 혹 존하며 혹 비하다는 것이 시인할만한 합리라 하기 불능하다. 여하하던지 일본은 관존민비의 국이라 적어도 열국에 비하여 우심한 것 같다. 관민의 현수가 이러할 뿐 아니라 남녀 간이 또한 불평등이다. 남자는 여자를 노복시하고 여자는 남자를 주인시하여 양개 이성의 대등적 인격의 결합이 아니요, 여자는 남자의 부속품이다. 이것은 여간 조선의 남녀에 비할 것이 아니다. 황금시대가 노동 시대로 변하려고 요동이 많은 금일에 황금만능이라는 기세는 동경 전 시가에 편만하여 보인다. 모든 사물은 황금에서 산출되고 또 황금알에서 전멸한다. 물론 사물의 발생 소멸이 물질 정신의 종합체 아닌 것이 없는 것이다. 그러면 황금도 역시 사물조직에 일부분 되는 것은 누구나 긍정치 아니하는 것은 아니겠지마는 황금만능이라는 말은 황금의 능력이 정신을 능가한다는 의미일 것이다. 일본은 의연한 황금시대의 일본이다. 약자의 주의와 빈자의 의견은 아무리 공정하다 할지라도 강자와 부자의 전에는 머리를 숙이지 아니치 못하고 부자와 강자의 의견은 설혹 불합리하다 할지라도 빈자의 머리 위에는 절대의 압력이 되고 만다. 그러하여 일개 부자의 의견은 만인 약자의 의견을 무시할 수 있다. 정파의 주의쟁투도 결국은 금력 쟁투가 되고 만다.

나는 동경에서 부귀자의 별장 혹은 거택도 보았으며 빈민 주택도 보았다. 빈민촌을 보다가 부자의 별장을 볼 때마다 가증타 생각지 아닌 때가 없었으며 부자의 별장을 보다가 빈자의 거처를 볼 때마다 가엾다 생각하지 않은 때가 없었다. 부자의 별장은 건조의 양화를 물론 하고 미려하고 굉장하다. 조각의 돌일지라도 기름기가 흐르지 아니함 없으며 정원에는 기화가훼가 만재되어 사계절의 관상을 맑게 하고 그 광활한 것은 공설의 공원과 병견할만한 것이 도처에 보였다. 그렇지만 빈민들은 안식할만한 일정한 주택이 없어 이리저리 풍전 노화 같이 불평할 뿐이다. 무엇으로 보던지 지금 일본은 황금만능이다.

일본의 종교는 불교가 타교보다 많은 자리를 점하였다. 유교는 여식을 보할 능력까지도 부족한 듯하고 다른 소교는 일반 국민성에 부합함으로 발전의 힘이 미소하다. 고로 불교의 도덕이 일반을 지배하게 되었다. 불교 도덕이 일반을 지배하는 것도 그 교리의 진실이 그들을 지배케 된 것이 아니요, 교리가 미신으로 변하여 인습적으로 그들의 낡은 머리를 붙잡고 있는 것뿐인 듯하다. 그래서 그들은 교리를 강구하여 자신이 교리로써 사는 것보다도 늙은 여자와 늙은 남자는 불상 앞 투금 상에 돈을 던지고 두 손을 싹싹 부비며 복 주기를 암축하는 것 같다. 노녀노부 뿐 아니라 청년신사배도 이러한 일이 허다하다. 물론 자기 행신을 교리에 합치되도록 힘을 쓰면서 축복하는 것이야 당연한 것이라고도 하겠지마는 순 허식적 인습적 또는 맹목적으로 실행하여 오는 편이 더 많은 모양이다. 불상전의 축복이며 장의의 예식이 모두 이러하다. 승려들은 전포보다도 불교적 상인이 되어 버렸다. 즉 불교는 형식으로의 생명은 살았다 할지라도 교리는 소멸 된지 이미 오래인 것 같다.

이뿐 아니라 어떠한 편으로나 미신이 허다하게 유행하는 것 같다. 문전에는 거의 부적을 그리어 첩부하였고 고목 밑에 마다 투금상을 설치하고 향화를 피는 일도 없지 아니하며 상야 공원불인지 옆에는 돌로 남녀의 생식기를 만들어 놓고 이것을 숭배하는 일도 보았다. 이것을 볼 때에 인지가 능히 이러한 야비한 미신을 제거하기에 부족한 것을 표현함이라고 나는 생각하였다.

정치상으로 본 일본은 더구나 나로 하여금 말할 경험과 상식이 부족함으로 발언의 능력이 없다. 말하는 김이니 단편적 소감을 나란히 적고자 한다. 정치의 개선도 유신부터 벌써 반백 년의 긴 세월을 가졌으므로 폐습이 된 것이 불무하다. 반백 년 간을 진행하는 동안에 세력자는 세력 증식하기 용역 한 일면으로 약자는 더욱더욱 위축케 되었다. 고로 세력자는 세력에 세력을 가하게 되고 약자는 약에 약을 가하게 되어 그동안 낙후되어버린 것도 없지 아니하고 지금껏 여명을 보존되어 오는 것도 있다. 개선초의 동국 각 정파는 국가를 위하는 공정주의하에서 행한 투쟁이었을 것이나 폐습이 점점 많아진 지금은 공정을 구하는 투쟁보다도 사리의 투쟁이 적지 않고 정치 도덕의 실질보다도 법률형식을 유지할 뿐이다. 만철사건의 불기소도 정치 세력에 인함이요, 각 신문에 기사 금지로 인하여 소송을 제기함도 무엇보다도 정치 세력의 악화를 여지없이 표현한 것이다. 다시 눈을 경제 방면으로 옮기어 농상공의 발전을 본다 하면 농업은 거의 상당한 정도에 도달하였다 할만하다. 수리의 정돈이 완비되어 관개가 충분함으로 한수의 해가 많지 않고 경작의 정리가 정미할 뿐 아니라 시비의 정신이 일반 농민에게 보급되어 수확이 매년 증수된다 하며 상업으로 말하면 지금껏 진보되어 온 것도 장족의 새로 발전되었지만, 일반의 심리가 상업으로 집중하는 것 같다. 그러므로 상업의 장래는 유망하다. 일본은 상업의 일본으로 세계에 양명하려는 기세가 보인다. 가로에 즐비한 회사나 조합은 모두 상업을 목적하고 경영하는 것이다. 국제상업으로는 초기의 보조지만 국내 상업으로는 벌써 편리할 만큼 진보된 것 같다. 공업에 이르러서는 아직도 초기이다. 창조적 공업은 물론 하고 모방적 공업도 아직 상당하다기 어렵다. 광산적 공업은 모르겠지마는 농산적 공업으로 말하면 일본의 공업으로써 자국에 농산을 능히 포용할만하다. 적어도 원시 공업선을 지나 기계 공업선을 진행하는 중이다.

반사회의 경제는 적극적이지만 개인의 의식에 관한 경제 즉 그의 소극인 절약주의는 참으로 가경할 일이다. 그들의 음식은 참으로 간단하다. 그 위에 더 간단할 수 없다. 백반은 물론이고 부식물이라고는 소위 단무지 즉 무김치 몇 쪽이면 족하고 그 외에 여간 어류를 상식하고 육류라는 것은 상등 생활자의 식용이 될 뿐이다.

의복으로 말하면 목면이나 주사를 물론 하고 세탁을 퍽 드물게 한다. 이것은 흑색인 까닭이다. 여하간 우리의 음식과 의복을 보다가 즉 여자는 의식을 나눔에 여가가 없을 만큼 다식 다의 하는 것을 보다가 그들의 절식 약의를 볼 때에 우리의 생활

난의 일인은 의식을 절약지 못함에도 있다고 생각하였다. 이번 세계 공통인 재계 변동 박풍에도 그들의 일반 경제계에는 파급이 심하였음에 불구하고 개인으로는 조선과 같이 그리 참혹한 영향을 불몽하였음을 볼 때 절약의 정신이 미리부터 조장됨에 재함인 듯하다.

일본의 국민성으로 말하면 물론 도국성 특색인 단기이다. 그러함으로 용물성이 부족하며 따라서 타인을 포용할 능력이 부족하다. 쉽게 화내고 쉽게 기뻐하되 노할 시에는 불 붓는듯하며 풀어질 때에는 사탕 녹듯 한다. 생기를 가진 때에는 뛰는 생어같다가도 한번 생기를 잃은 때에는 그만 다시 여력을 발휘할 여지가 없어지고 만다. 그들의 떠드는 노동운동이니 사상 문제이니 하는 모든 것이 물 위의 거품같이 문득 소동하다가 문득 가라앉고 마는 것은 모두 그들의 민족성으로 나오는 필연의 결과인 듯하다. 현대사조는 청년계와 노년계가 현수하다. 청년계는 신사조가 편하고 노년계는 구사상이 밑으로부터 목까지 충만하다. 청년이라고 전부 신사조일 것은 아니요, 노년이라고 전부 수구일 것은 아니지만 신사조에는 청년이 대부분이요, 수구에는 노년이 대부분이다. 어느 시대 어느 민족을 물론 하고 신구新舊가 없는 것은 아니겠지만 신구가 있다 할지라도 신은 구의 산물이고 구는 신의 원인이 되어 신은 이상적 미래를 상상하고 구는 기왕의 경험을 확신하는 것이다. 그리하여 신구가 상수 하여 절충적으로 조화됨으로 사회는 따라서 순경으로 진보되는 것이다. 이러한 의미에서 신구는 상반적이 아니요, 변천적이며 진보적이다. 그러나 일본의 신구는 그렇지 않다. 즉 구라는 것은 벌서 반백 년을 진항하여 온 동안에 폐습이 적취된 그것이요, 신이라는 것은 구에서 산출된 것이 아니라 사위 풍조가 돌연히 불어옴에서 생긴 그것이다. 이와 같이 그의 신구는 그것에서 그것이 나온 것이 아님으로 그 영자는 심히 상격하여 절충적으로 조화될 수가 없는 것이다. 구는 신을 강력으로 박멸하려 하고 신은 구를 괴뢰라 하여 파괴하려 한다. 그리하여 계급도덕을 파괴하고 평등 도덕을 수립하려 한다. 관민을 평등으로 하고 빈부를 평등으로 하고 남녀를 평등으로 하려 한다. 앵화의 빛남도 빈민을 위하여 된 것이 아니요, 부귀자만 위한 것이며, 단단한 명월도 고누거각에만 비추인다 하는 글은 무엇보다도 그들의 불평을 잘 설명한 것이다. 그리하여 암중에서 신구충돌이 격심한 모양이다.

내가 본 바에 의하면 기왕의 일본 유신 이후로 약 40년간은 물질로나 정신으로나 다 같이 진보되는 일본이요, 현재의 일본은 정신상으로 부패에 빈 한 일본이다. 그 공기를 전환하야 인도의 감격에 충만 될 신문화를 건설하여야 할 일본인의 책임도 과연 무겁다 하였다. 그것을 못 한다면 일본인의 전도도 한심할 듯싶다. 그런데 그들의 민족성의 단기협애는 대외적으로는 여러 가지의 반감을 매하는 해악됨이 불무하나 대내적으로는 장점 되는 것이 불무하니 즉 자국을 위하는 모든 일에는 일시의 희생을 불구하고 능히 공동일치 하는 것이다. 그러니까 그네가 모든 인류와 협동하여 세계적으로 나아갈만한 성과 덕을 가지지 못한 것은 물론이나 자국 자민족의 보호에는 능히 감내할 것이다. 그리고 제일 흠모되는 것은 일본 청년 남녀이다. 일반 청년 남녀는 안색에 생어와 같이 활기를 띠었을 뿐 아니라 노쇠자보다 키가 큰 것 같다. 이것은 적어도 미래의 일본을 상상할 수 있다.

최후에 진심으로써 우리 형제들에게 하소연코자 하는 것은 인순 고식적으로 존재만 유지하는 것이 목적이 아니요, 남과 같이 활생명을 발휘하여 즉 산업경제나 종교 도덕으로나 기타 어떠한 방면으로나 세력에 또 감격에 충만한 신 건설을 행하자 함이다.

Paul Cézanne , Auvers, Panoramic View , 1873

이상

동경

이상

1910.9.23~1937.4.17

시인이자 소설가, 삽화가, 건축가

본명 김해경(金海卿). 1929년 경성고등공업학교 건축부를 수석으로 졸업하며 조선총독부 내무국 건축과 기수로, 조선 건축회 정회원으로 건축가 생활을 하였고, 《조선과 건축》 표지 도안을 그리기도 했다. 하지만 1931년 폐결핵 진단, 1933년 폐결핵 심화로 요양을 떠난다. 건축을 떠났음에도 여러 시에서 건축적 미학을 담았고, 「건축무한육면각체」등의 시도 발표했다. 요양 차 머물던 곳에서 만난 기생 금홍과 돌아와 제비 다방을 종로에 개업하였고, 같은 해 구인회와 교류하며 여러 시를 발표한다. 1935년 경영난으로 제비 다방을 폐업하고 금홍과도 결별하며, 1936년 6월 변동림과 결혼한다. 같은 해 단편소설 「날개」, 「지주회사」가 발표되었다. 1937년 2월 동경에서 사상 혐의로 체포되었다가 폐결핵 악화로 출감하지만 동경제국대학 부속병원에서 죽음을 맞는다.

내가 생각하던 마루노우치 빌딩, 속칭 '마루비루'는 적어도 이 마루비루의 네 곱절은 되는 굉장한 것이었다. 뉴욕 브로드웨이에 가서도 나는 똑같은 환멸을 당하는지. 어쨌든 「이 도시는 몹시 가솔린 내가 나는구나!」가 동경의 첫인상이었다.

우리 같이 폐가 칠칠치 못한 인간은 우선 이 도시에 살 자격이 없다. 입을 다물어도 벌려도 척 가솔린 내가 침투되어 버렸으니 무슨 음식이고 간에 얼마간의 가솔린 맛을 면할 수 없다. 그러면 동경 시민의 체취는 자동차와 비슷해져 간다.

이 마루노우치라는 빌딩 동리에는 빌딩 외에 주민이 없다. 자동차가 구두 노릇을 한다. 도보하는 사람이라고는 세기말과 현대 자본주의를 비예하는 거룩한 철학인, 그 외에는 하다못해 자동차라도 신고 드나든다.

그런데 내가 어림없이 이 동리를 5분 동안이나 걸었다. 그러면 나도 현명하게 택시를 잡아타는 수밖에. 나는 택시 속에서 이십 세기라는 제목을 연구했다. 창밖은 지금 궁성 해자 곁. 무수한 자동차가 영영히 이십 세기를 유지하느라고 야단들이다. 십구 세기 쉬척지근한 냄새가 썩 많이 나는 내 도덕성은 어째서 저렇게 자동차가 많은가를 이해할 수 없으니까 결국은 대단히 점잖은 것이었다.

신주쿠는 신주쿠다운 성격이 있다. 박빙을 밟는 듯한 사치다. 우리는 프랑스 저택에서 미리 우유를 섞어 가저온 커피를 한 잔 먹고 그리고 10전씩을 치를 때 어쩐지 구 전 오 리보다 오 리가 더 많은 것 같다는 느낌이었다.

베르테르는 -동경 시민은 프랑스를 HURANSU라고 쓴다- 세계에서 가장 맛있는 연애를 한 사람의 이름이라고 나는 기억하는데 베르테르는 조금도 슬프지 않다.

신주쿠 -귀화 같은 이 번영 삼정목- 저편에는 판장과 팔리지 않는 지대와 오줌 누지 말라는 게시가 있고 또 집들도 물론 있겠다.

C 군은 우선 졸려 죽겠다는 나를 치쿠지 소극장으로 안내한다. 극장은 지금 놀고 있다. 가지가지 포스터를 붙인 이 일본 신극 운동의 본거지가 내 눈에는 서투른 설계의 끽다점 같았다. 그러나 서푼짜리 영화는 놓치는 한이 있어도 이 소극장만은 때때로 참관하였으니 나도 연극 애호가 중으로는 고급이다. 인생보다는 '연극이 재미있다'는 C 군과 반대로 H 군은 회의파다. 아파트의 H 군의 방이 겨울에는 16원, 여름에는 14원, 춘추로 15원, 이렇게 산비둘기처럼 변하는 회계에 대하여 그는 회의

와 조소가 크고 깊다. 나는 건망증이 좀 심하므로 그렇게 계절을 따라 재주를 부리지 않는 방을 원하였더니 시골 사람으로 이렇게 먼 데를 혼자 찾아온 것을 보니 당신은 역시 재주가 많은 사람이라고 조추 양이 나를 위로한다. 나는 그의 코 왼편 언덕에 걸린 사마귀가 역시 당신의 행복을 상징하는 것이라고 위로해 주고 나서 후지산을 한번 똑똑히 보았으면 원이 없겠다고 부언해 두었다.

이튿날 아침 일곱 시에 지진이 있었다. 나는 들창을 열고 흔들리는 대 동경을 내어다보니까 빛이 노랗다. 그 저편 잘 갠 하늘은 소꿉장난 과자같이 가련한 후지산이 반백의 머리를 내어놓은 것을 보라고 조추 양이 나를 격려했다.

긴자Ginza는 한 개 그냥 실속 없이 겉모습만 화려한 책 같다. 여기를 걷지 않으면 투표권을 잃어버리는 것 같다. 여자들이 새 구두를 사면 자동차를 타기 전에 먼저 긴자의 보도를 디디고 와야 한다. 낮의 긴자는 밤의 긴자를 위한 해골이기 때문에 적잖이 추하다. '살롱 하루' 굽이치는 네온사인을 구성하는 부지깽이 같은 철골들의 얼크러진 모양은 밤새고 난 여급의 퍼머넌트 웨이브처럼 남루하다. 그러나 경시청에서 '길바닥에 침을 뱉지 말라'고 광고판을 써 늘어놓았으므로 나는 침을 뱉을

수는 없다.

긴자 팔정목이 내 측량에 의하면 두 자가웃쯤 될는지! 왜? 적염난발의 모던 영양 한 분을 30분 동안에 두 번 반이나 만날 수 있었으니 말이다. 영양은 지금 영양 하루 중의 가장 아름다운 시간을 소화하시러 나오신 모양인데 나의 건조 무미한 이 프롬나드는 일종 반추에 지나지 않는다.

나는 교바시Kyōbashi 곁 지하 공동변소에서 간단한 배설을 하면서 동경 갔다 왔다고 그렇게나 자랑을 하던 여러 친구들의 이름을 한번 암송해 보았다.

시와스-섣달 대목이란 뜻이리라. 긴자 거리 모퉁이 모퉁이의 구세군 냄비가 보병총처럼 걸려 있다. 1전, 1전만 있으면 가스로 밥 한 냄비를 끓일 수 있다. 이렇게 귀중한 1전을 이 사회냄비에 던질 수는 없다. 고맙다는 소리는 1전어치만큼 우리 인생을 비익하지 않을 뿐 아니라 때로는 신선한 산책을 불쾌하게 하는 수도 있으니 보이와 걸이 자선 쪽박을 백안시하는 것도 또한 무도가 아니리라. 묘령의 낭자 구세군, 얼굴에 여드름이 좀 난 것이 흠이지만 청춘다운 매력이 횡일하니 '폐경기 이후에 입영하여서도 그리 늦지는 않을걸요.' 하고 간곡히 그의 전향을 권설하고도 싶었다.

미쓰코시, 마츠자카야, 이토야, 시로키야, 마츠야 백화점, 이 7
층 집들이 요새는 밤에 자지 않는다. 그러나 우리는 그 속에 들
어가면 안 된다. 왜? 속은 7층이 아니요 한 층인 데다가 산적한
상품과 무성한 숍걸 때문에 길을 잃어버리기 쉽다.

특가품 격안품 할인품 어느 것을 고를까. 그러나저러나 이 술
어들은 자전에도 없다. 그러면 특가 격안 할인품보다도 더 싼
것은 없다. 과연 보석 등속 모피 등속에는 싼거리가 없으니 싼
거리를 업신여기는 이 종류 고객의 심리를 이해하는 중형들의
슬로건 실로 눈앞에 생생하다.

밤이 왔으니 관사 없는 긴자가 출현이다. 코롬방의 차, 기노쿠
니야의 책은 여기 사람들의 교양이다. 그러나 더 점잖게 브라
질에 들러서 스트레이트를 한잔 마신다. 차를 나르는 색시들
이 모두 똑같이 단풍무늬 옷을 입었기 때문에 내 눈에는 좀 성
병 모형 같아서 안 됐다. 브라질에서는 석탄 대신 커피를 연료
로 기차를 운전한다는데 나는 이렇게 진한 석탄을 암만 삼켜
보아도 정열은 불붙어 오르지 않는다.

애드벌룬이 착륙한 뒤의 긴자 하늘에는 신의 사려에 의하여
별도 반짝이련만 이미 이 카인의 말예들은 별을 잊어버린 지
도 오래다. 노아의 홍수보다도 독가스를 더 무서워하라고 교

육받은 여기 시민들은 솔직하게도 산보 귀가의 길을 지하철로 함께 하기도 한다.

이태백이 놀던 달아! 너도 차라리 십구 세기와 함께 운명하여 버렸었던들 작히나 좋았을까.

Alfred Sisley . Watering Place at Marly . 1875

노정일

세계 일주 산 넘고 물 건너

노정일

언론인

황해도 진남포 출생으로, 일본 청산학원 중학부를 졸업한 후 미국의 웨슬리안대학을 졸업, 이어 뉴욕 컬럼비아대학 문과에 들어가 문학학사를 받았다. 이후 유니언대학과 드류신학교에서 신학사 학위를 받았으며, 다시 영국 옥스퍼드대학에서 철학을 공부했다. 연희전문학교 교수로 재직했고, 다시 미국으로 건너가 네브래스카 주립대학에서 철학박사 학위를 받았다. 귀국 후 1931년 《중앙일보》의 사장에 취임하여 친일 언론 활동을 했다.

피어오는 영웅화
세계 일주의 만 필을 들매
만강의 열정 적축한 느낌
죄-다- 너에게
피어오는 영웅화
나의 정든 님께
드리고 싶어
느낀다!

나는 학생이다
나는 학생이었다
피어오는 향화이었다
향화를 탐하라는 봉접이 되련다
피어오는 영웅화
네가 참말
탐하려는
나의 정든 님!

홍안의 영자 피려는 꽃 같다
흥함한 단정의 향기
우리 사람의 혼을 깨치련다
향상의 열정 지성의 분투
네가 맺을 열매를
주문할 믿음

나는 학생이었다
공중누각도
너의 심산과 흡사하였다
꼭 같은
눈물! 고통!
원한! 치욕!
쓰게 맵게
맛보았다

너의 심산과
흡사하였다
현해탄의 난파도
실색한 월하에 동락
태평양의 노로
대서양의 오존
다름없이
즐기었다

너의 동경과
같았다
로키의 단풍
알프스의 설령
유쾌하게
기어 넘었다

자유 동상 미인께
키스도
드렸으며
남열해경군에게
비소도
받았다

아지 못게라
최초 겸 최후인 듯
불노삼초휴도不老參草携渡하던
옛 양반들의
압록강을
슬쩍
건너섰다

옛날의 불로선약
값이 없어 못 사 왔다
할 일 없다 몸 밖에
다른 것 없다
회로 치던지
숙육으로 썰던지
먹고 싶은 대로 먹어라
갱생 불로약이 되겠거든!

내가 여기 있다
피어오는 영웅화
네 앞에
나의 정든 님

훈풍이 부는지 나뭇잎은 뾰죽 뾰죽, 하무가 끼었는지 상야 공원은 앵두꽃이 땅에 떨어졌고, 비가 뿌렸는지 회황색의 교정과 야원은 청욕를 펴는 듯이 아침저녁 새롭다. 자연의 전환 경신은 진화 창조의 과정으로 시시각각이라도 추보를 끊임없이 진선과 진미를 목적함이 아닌가.

「아! 아! 연재라. 인간의 성장이여. 아! 아! 황막한 곳이여. 인생의 행로여」 혼잣말로 탄식을 하면서 때 묻은 환형 모를 벗어 손에 들고 졸업 증서를 받아 쥐니 적년의 연학을 성공한 희열보다도 만기 출옥의 명을 받은 수인의 쾌를 감하였으며 청춘으로 짝을 지어 금의환향을 열망하는 정보다도 이로운 검을 밟고 태양이라도 건너뛸 기가 가슴에서 끓어올랐다. 행로의 전변, 성장의 위기가 임한 것은 감각하였다. 눈물에 엉키여서 한심에 쌓여서 방으로 돌아오니 사 벽에 걸린 그림 책상 위에 놓인 화초 죄-다- 실색한 얼굴로서 음울한 기를 더하여 주었다. 만일 이야기했던 바와 같이 나로 하여금, 모 학부에서 5개년의 긴 세월을 비하라고 무엇이 나를 억제하였으면 나는 기절을 하였을 테라. 참말 청춘이 아까워서 마치 시집 살기 싫은 청춘 여자의 마음과 같은 감이 나의 가슴에 격발하였다.

현명적 주선으로 북미합중국에 유학 여행의 좋은 기회를 얻어 가지고 당상 양위께 고별도 할 겸 산 높고 물 맑은 고국의 풍경도 한 번 다시 보고 떠날 겸 잠시 고향에 돌아왔었다.

분투 무대의 제2막이 열리려 할 때에 수년간 사제의 분의가 이미 깊었던 2백여 명의 남녀 학생들은 이별의 정과 희망의 성으로 화하야 된 주옥같은 송별의 시를 노래하여 주었다.

이별의 뜻을 부쳐 이별하니
이것이 웬일인가 참 슬프다
우리의 선생님 가시는 길에
이백여 명 학생이 눈물 흘리네

저 산을 넘어가는 무정한 차야
우리 선생님 두고 너만 가거라
어린 우리가 따라가려면
우리의 부모 형제 어디 둘고야
비옵고 원하오니 높으신 주님

산 넘고 물 건너 저곳 가실 때
크고 넓은 사랑으로 보호하사
가시는 곳 무사히 보내주십소

선생님께 비옵고 원하오니
어린 손목 놓고 가슴 설어 마시고
백이숙제 절개같이 굳은 맘으로
만리 대양 건너가도 잊지 마시오

적자 같은 우리들은 어찌하리까?
만 리 대양 바라보며 생각할 때에
선생님의 크신 사랑 잊지 못하여
기도하며 눈물 흘려 구하오리다

대양을 건너가는 우리 선생님
한우 님의 보호 믿고 빕니다
오하요 높은 대학 전문하신 후
우리 조선 청년들을 구원하여주오!

숙망하던 목적지에

무한한 동경은 미주라는 이름 속에 묻혔고 자유종 울던 때 대
륙은 내가 연내로 상망하던 공화의 신 미국 땅이라. 이제 일
발의 생로인 듯한 여행면장을 얻어 쥐고 만 리의 대양을 건너

가서 숙망하던 경치 좋은 산빛과 물색을 보고 인문 물화에 접하려 하는 나의 가슴의 희용이야 참말 작약에 유사하였다. 그러나 얼굴이 다르고 말이 설은 만 리 외역에 무전 연학 여행을 단행하자 함은 실로 모험 중에도 무서운 모험이다.

세계의 형세는 구주 전쟁에 흔들려서 극동의 풍운도 초히 험악한 상태에 있었다. 일본 정부는 벌써 대독선전을 포고하여서 요코하마와 샌프란시스코 간의 항로는 불안전하다는 풍설이 떠돌았다. 그래서 안전이 제일이란 이유로서 북선의 항로를 취하게 되었다.

요코하마 항 부두에 횡부 한 대판 상선회사의 일본환의 조그마한 일등실(이등 없는)에 식당 겸 응접실로 사용하는 대청에는 승객의 출발을 축하는 각색의 화환과 과물 등이 나열했고, 신문 기자급 남여노소장의 전별의 인사로 대 잡답과 훤화를 작한다. 나는 수삼의 우인으로 더불어 이행을 정돈하고 한옆에 모여 앉아서 현황을 방관한다. 그 중에도 별달리 뵈는 청년 신사의 무릎 옆에 꽃 같은 청년 여자는 옷소매를 입에 대고 주옥같은 눈물을 흘리면서 남모르는 사정을 남 듣지 못하게 말하는 모양을 보니 참 부럽기도 하고 어여쁘기도 하더라.

객실의 주임을 불러 항해하는 동안에 알려 할 모든 일을 알아보고 승객의 수를 물으니까 객은 남녀와 아동을 합하여 13인이나 되겠으나 외국인으로는 오직 조선 학생 1인뿐이라 하였다. 보이에게 행리와 기타 범사에 대하여 주의를 시킨 뒤에 우리는 갑판으로 나아가서 연기와 티끌이 자욱한 요코하마시를 바라보며 삼등 선객들의 전별사의 훤화를 들르면서 서로 장래의 운명을 축하며 영예와 치욕을 같이 하자고 심혼이 끓는 정담이 점점 깊어 갈 때, 발묘의 기적이 울리었다.

아! 아! 순간이어! 애를 끊는 이별의 순간이여!
나는 행운에 몸을 싣고 춘풍에 때를 얻어 양 반구를 갈라놓은 물나라를 건너가서 자유 천지 일월 하에 신세계의 생이 되지마는 뒷동산 송림 속에서 추천도 같이하고 남호녹수에서 수영도 같이하며, 앞서거니, 뒤서거니 행보를 같이하던 나의 지기들은 뇌책에 갇힌 고양같이 온실의 화초같이 무서운 환경에서 전율하며 건조한 공기 중에서 말라간다. 그러한 운명을 쓰게 맛보는 여러 명의 지기는 부두에 서서 눈물을 흘린다. 멀리 수건을 흔들어 표호를 한다. 「노 군! 군은 살길을 얻어 가는구나. 우리는 어찌 할고! 살길을 얻은 군이 우리를 살리라!」고.

요코하마 항 부두에 전송하는 우인들의 흔드는 흰 수건의 그림자가 쓰러져 가자 나의 몸을 실은 일본환은 항외에 쓱 나섰다. 거기서 밀항자를 수색하기 위하여 수상 경찰관이 올라온다. 약 2시간이나 가박한 뒤에 웅장하고도 처량한 기적 소리는 사공에 사무친 공기를 울려 깨뜨리면서 배의 머리는 북으로 향한다.

터코마Tacoma 항의 심야 추월

요코하마 항을 떠난 후로 벌써 7일이나 되었다. 온화한 일기여서 유쾌한 항해를 즐기었다. 일보 표를 보니 배가 벌써 동경 180도에 달하였다고 그 위치를 적색의 잉크로 점을 찍어 표하였다. 동경 180도는 지리학상의 의미가 깊은 곳이다. 즉 거기가 동서양 반구의 분점이라고 일러졌으며 일자로는 일일이 진하여졌다.

기선이 북위 50도 부근에 달하는 밤에 선내에는 일대 소동이 일었다. 그 이유는 시애틀 항에서 통고한 무선 전에 보하기를 「독일 전투함 1척이 샌프란시스코 부근에서 석탄을 사 싣고 출발한 지가 3시간에 불과한데 그 방향을 미지 운하니 야간에는 소등하고 항해함이 가하고 주간에는 할 수 있는 대로 북로를 취하라」는 주의의 경보였다. 거기서부터 4일 밤낮을 갑판에도 나가지를 못하였고 공포심에 묻혀서 잠도 잘 수 없었으며 밥 먹을 생각도 없어졌다. 항해하기 제17주야가 되는 날 정오에 연안 부근에 달하였다. 거기서야 초히 안심하게 되었다. 일본인들은 서로 축하야 말하기를 「인제야 우리 동맹국 영지에 왔으니까 만사가 안전하다」고 미친 듯이 뛰어놀며 환배노름을 하더라.

대륙이 점점 가까워 올수록 먼저 밴쿠버Vancouver의 산영을 바라볼 수 있게 되었다. 배가 앞으로 항만을 향함을 따라서 취색은 더욱더욱 농후하여지고 수변에 나열한 기암괴석과 울창한 삼림은 흡연히 우리 여객들을 환영하는 것 같더라.

밴쿠버와 시애틀Seattle을 경유하여 터코마항을 향하였다. 수태는 잔잔하여지고 산색은 그림같이 미려한데 강변에서 유희하는 아동들의 말소리는 별천지에 선동 선녀들의 노래같이 내 귀에 들렸다. 만 내에 들어서려 할 때 관헌의 검역을 위하여 잠깐 가박을 하게 되었다. 승객의 수가 과다치 아니하여 검역은 심히 간단하였지만 구주 전쟁의 정보를 묻기에 분주하였다. 탄식하는 일언을 「불인이 조금만 하면 파리의 위험은 면하련만」하고 검역관은 작별을 청한다. 근 3주간이나 적막하게 해상의 고를 받아오든 우리는 「굿 럭 투유-젠틀맨」하는 인사가 그리 반가웠다.

다시 기선은 발동기를 전하여 목적하였든 터코마 항 내를 향하였다. 항만에 썩 들어서니 날은 이미 어두워서 산세와 시가를 볼 수 없었으나 찬란한 전등은 높은 언덕과 낮은 시가를 분명하게 일러주며 휘황한 야경은 생에서 처음 보는 별세계가 분명하더라. 기선이 잔교에 부박하자 승객(삼등객은 말고)은 상륙하기로 잡답하였다. 나는 선장에게 물어보았다. 야간에 상륙함보다 다음 날 아침 일찍 상륙함이 필요한 이유가 있으니 어쩌면 좋으냐고.

나는 그 마음을 적막하게 실내에서 묵상하려고 하였다. 행운에 몸을 싣고 평안히 목적지에 자유와 행복이 가득한 워싱턴의 새 나라, 링컨의 합중국, 선교사들의 정든 고국, 우리 친구들이 동경하는 문명의 부국에 도달하니 내가 스스로 나의 운명을 개척해야 할 전도를 생각하여 분투할 호기는 충심으로 감사하였다마는 머리를 돌려 고국을 회고하며 앞으로 분투의 경로를 예상할 때 참말 나의 가슴에는 뜨거운 종교심이 발하였다. 천사만려가 심두에 왕래할 때 단잠인들 어찌 이룰 수 있었으랴! 침의를 몸에 두르고 갑판 위에 나가 고독히 앉아보니 월색은 교교하여 심야 삼경을 자자하며 연기 속에 묻혔는지 하무 속에 잠들었는지 반짝반짝하는 전기등은 은반에 뿌려 놓은 금강보석인들 어찌 그와 같이 찬란할 수 있었을까. 나는 묵시록에 이뤄진 신 예루살렘에나 들어가려고 멀리 서서 황금 문과 유리 시를 바라보는 듯한 기가 생겼다.

이른 아침 이슬에 젖은 터코마시를 바라보니 휘황찬란하든 야경의 터코마시는 꿈 세계가 옛일이요, 높은 언덕과 낮은 평지를 덮어 누른 대하고루들은 청공에 용립함이 거개 대사와 전각 같고 높은 두던을 기여 넘는 사통오달의 가로들의 좌우 측로를 따라서 가는 울창한 수목과 공사와 저택을 단장한 녹초와 기화는 내가 예상한 홍진의 터코마시는 분명 아닐 듯하고 향기가 충만한 극악의 세계가 이 아닌가 하는 회의의 감이 기하게 하였다.

생발 후에 처음으로 피할 수 없이 자동차를 집어타고 예정하였든 대륙 호텔로 안내되었다. 여관 주인에게 당일 오후 출발차로 샌프란시스코를 향할 터이니 승차권을 구해 달라고 의뢰한 후에 자동차로 관광을 하였다. 약 4시간 동안 시내 전부를 구경하였다. 외국 거유지라고 별로 판명할 수는 없었으나 중국인의 소굴은 보기 싫게 알아졌다. 거리 모퉁이마다 교자상을 벌려놓고 행인의 구두 닦는 일은 흑인 친구들의 전유인 듯하고 세탁과 요리 업은 중국인의 외목인 듯하더라.

당일 오후 2시 10분에 북태평양철도의 열차로 샌프란시스코를 향하여 출발하였다. 기차의 내용 설비는 실로 나로 하여금 놀라게 하였다. 의자는 홍전으로 지은 뒤에 결백한 세포로 둘러놓고 의자의 사용은 임의대로 할 수 있게 되어서 앉으려면 앉고 누우면 누워서 2일간을 여행하여도 되는 좌석으로 조금도 피곤을 주지 아니하였다. 미국에는 기차에 등급제가 없다는 것에 깊이 감격하였으며 그것이 벌써 미인의 평등주의의 실현의 일단인 것을 감상하였다.

기차가 점점 속력을 더 하여 달려간다. 일망십리의 야원은 추수황색의 금세계를 이루었고 일고일저하여 땅의 끝없이 연속한 과수원은 금귤과 임금 등의 명산처가 분명하다. 소천을 건너고 기적을 울릴 때마다 촌락의 노유들은 흰 수건을 흔들어 인사하며 전포에서 노동하는 늙은이들은 우수를 들어 경례도 한다. 나는 혼자 마음으로 저 노인들은 아마 링컨 씨와 같이 남북전쟁에 출역하였든 신사들이겠지 하고 생각했다. 제일 이상하고 어여쁘게 보이는 것은 10세 내외의 소녀들이 이따금 자기들의 좌우 손을 입에 대었다가 앞으로 던지는 모양이었다.

그러나 그때는 그 의미를 몰랐다가 얼마 후에 알고 나도 키스를 보내 주었다. 항상 우리는 소아의 무사기한 천진을 볼 때마다 신감을 얻으며 루소를 선생님으로 모실 생각도 한다. 아아, 우리들 장성자는 왜 천진의 미를 잃었는지. 참 슬프다.

붉은 해는 서천에서 떨어져 가고 찬 달은 동해에서 솟아오를 듯 할 때 산 곡간에 흐르는 계수는 유세를 점점 급히 하고 기차의 진력은 점점 감하여진다. 로키의 서록을 넘어가는 우리 승객들은 유리창을 투하여 석양모경에 잠들어 가는 촌락들을 굽어 내려다보며 산간계변에 떨어지는 황엽은 단풍인지 붉은 햇빛에 화한 녹엽인지 의심하여 물어보려 할 만하다.

로키의 서록에서 밤을 맞고 밤을 보내니 눈도 쓰리고 마음도 피곤하였다. 긴 밤이 다 가고 버클리Berkeley역에 도착하도록 나는 침사와연에 푹 빠져서 산이야 구름이야 달아나는 차에 진동도 거의 의지하지 못하였다. 샌프란시스코로 가면 무엇하고 거기서는 어디로 가야 할까? 스스로 묻고 스스로 대답하려고 애는 썼으나 시원한 자답은 못 얻었다. 버클리에서 연락선이 기차를 집어 싣고 샌프란시스코로 건너갈 때 기이한 감이 생하였다. 마켓스트릿 정차장에서 터진 총소리가 쟁쟁히 귀에 들리는 듯한 회고의 감이 강해져서 굽두젓두 못하고서 우둑하

니 마켓스트릿 정차장만 바라보고 앉았다. 때는 오후 1시 반이
오, 일자로는 1914년 9월 20일이었다. 샌프란시스코 마켓스트
릿 정차장 플랫폼에 턱 내려서니 5, 6인의 동포는 꽃을 들고 기
쁜 웃음으로 악수하여 맞아 주더라. 우리가 자동차를 집어타
고 여관으로 향하려 할 때 C 부인께서 하얀 손을 들어 말씀하
시기를 「미스터 노! 이곳의 의미 있는 과거를 아시지요?」 「예
스, 아주 잘 압니다, 마담」 나는 그 뜻을 알고 대답하였다. 나
는 1일 전에 터코마시를 구경할 때에 기시가 세계에서는 처음
보는 굉장한 도회인 줄 알았지만 이제야 참말 놀랄 만한 굉장
한 도시를 보는구나! 스스로 속 소리를 하였다.

여관에서 하룻밤은 참 분주하였다. 여관에 유하는 객은 모두
우리 동포들이었는데 어떤 이는 예술광 들린 문사같이 머리
도 이상하였고 넥타이도 별나게 매였고 말도 학자인 듯이 하
더라. 나가 생각하기는 저이들이 적더라도 어떤 대학이라도
졸업하고 연구에 노력하시는 어른들이시겠지 하고 극한 존경
을 표하였다.

샌프란시스코는 동양을 향하여 터진 황금 문을 열고 앉은 가
주의 일대도회라 여기가 곧 동서가 서로 만나 알고 또한 서로
승강함이 심히 맹렬한 곳이다. 시가와 건물이 굉장히 화려하여

동양 천지란 감이 기하였으나 가상의 잡답한 민중을 관찰할 때 비시 서양 천지란 반문이 역 기하였다. 어쨌든지 샌프란시스코는 우리 사람들이 접촉하여 온 이래로 각 방면으로 활동하는 중심지가 되었고 성공의 말일까지 활동할 근거를 공고하게 세워 놓은 곳이다. 따라서 우리는 샌프란시스코를 존중히 여기게 된 것도 자연이오, 그곳을 바라보고 기다리는 것도 역시 자연이다. 교회와 청년회의 단체뿐만 우리 사람들의 단체가 아니라 우리의 전체를 통어하라는 단체도 역시 이곳에 중심을 두고 활동하여 온 지가 이미 오래였고 제반 설비도 완비하다. 하루는 L 씨의 인도로 우리 사람들의 기관보 인쇄소를 방문하였다. 제일 나로 하여금 끽경 탄상케 한 것은 L 씨가 발명한 리노 타입 인쇄기다. 이 기계는 문명한 나라에서 사용하는 지가 벌써 십유여년이나 되었지만 L 씨의 천재로 우리 정음을 차 기계에 부용 하게 된 것은 실로 우리 사람을 위하여 경하할 만한 사뿐 아니라 동양인으로 자랑할 만한 일이라 하겠다.

그 기후에 온화한 천혜는 4시를 분간 없이 거류민들의 즐김이요, 천연한 통상의 요추로는 세계민족의 활동처가 분명하다. 일일은 4, 5인의 친우로 짝을 지어 금문 공원으로 소풍 유람을 하게 되었다. L 부인께서는 큼직한 바게트에 샌드위치와 케이

크와 과물을 가득하게 장만하여 주셨다. 우리는 전차를 타고서 한참 나가다가 환승도 두어 번 한 후에 턱 내려서는 거기가 금문 공원이라고 일러주었다. 때는 9월 하순이지만 기화가 만발하였고 남청색의 요초와 수림은 천진을 자랑한다. 일본서 항상 보던 코스모스가 금문 공원에 와서 나를 향하여 미소의 인사를 하는 듯하며 공원의 음악당을 둘러볼 때 상야 공원에서 산보하던 것이 벌써 옛일인 것을 깨달았다. 우리 일행은 공원 박물관으로 들어갔다. 우리나라에서는 일찍 구경도 하지 못한 귀금속의 장식품들과 조각물이 진열하였다. 나는 스스로 기쁜 감을 이기지 못하였다. 우리나라에도 저런 좋은 미술품이 있었던가 하고 상탄할 제 한 친구는 나의 옆을 꾹 찔렀다. 「노 군 저것 보시요」 나는 깜짝 놀라면서 돌아다보니 침에 녹도든 물뿌리에 길이가 3척이나 되는 오목간자에 대진이 곤지곤지 묻은 대통을 맞춰 놓은 담배 대가 서너 개 놓였다. 또 그 옆에는 좀 먹은 체와 각종의 편물들이 진열되었다. 그것을 볼 때 나는 기가 칵 막혔다. 홍인관에 진열품과 흡사한 원시의 태가 있는 것을 볼 때 가슴이 쓰리게 아팠다. 각국에서 출품한 미술품과 역사적 고물로서 어느 것이 우리 관람자로 하여금 즐겁게 하며 놀라게 하지 아닌 것이 없었다마는 우리 사람들의 손으로 만든 것이 우리 가슴을 아프게 하였다.

우리는 다시 박물관을 떠나서 황금 문을 구경하자고 서서히 항만을 향하였다. 꽃 수풀 속에서 여기저기 놓인 벤치에 우리들은 쉬려고 앉았다. 바게트를 열어서 먹기를 서로 권하면서 황금 문을 바라본다. 은파는 금사를 씻으며 거선은 기적을 불어 뒷산을 울리면서 검은 연기와 흰 증기를 물큰물큰 토하면서 열려 있는 황금 문을 향하여 출발한다. 고향 부두에 서천을 향하여 출학을 연망하며 눈물 흘리던 나는 이제 금문 공원에서 동천을 향하여 사향심을 느꼈다. 하일하시에 신체상으로나 심령상에 아무 손상 없이 소지의 학문을 성공하여 금문을 열고 근화역에 돌아갈까 참말 전도가 막연하여서 스스로 지배키 어려웠다. 일행들은 나를 여행 못 해본 어린아이 같이 그러지 말라고 의미 없이 횡설수설하더라. 일행은 이러서면서 돌아가기를 청한다. 그러나 나는 그냥 앉아서 침묵에 빠져서 귀한 순간에 금 같은 심감을 끊지 않으려 한다. 일행은 슬금슬금 앞으로 떠나간다. 나는 그냥 앉았다. 나는 벌떡 일어서면서 「신이여! 나로 하여 금문을 열고 환국할 시기를 주시렵니까. 자유의 여신에게 하적의 키스를 드립니까! 뜻대로 이루어 주시 옵소서」하고 일행을 추급하려 하였다.

여관에 돌아오니 밤은 이미 저물어 5시경이 되었다. 그날 밤에는 청년회 주최 하에서 재류동포 앞에 서서 관견을 진술케 되었다. 재류동포들이 가진 기회와 의무를 들어서 애정을 열게 된 것은 실로 다행인 줄로 감상하였다. 그 후로는 내가 어떻게 진행해야 할 방책을 위하여 다년간 분투의 경험을 적축한 인사들의 의견을 얻으려고 충고를 구하였다. 대부분 비슷한 충언에 불과하였다. 금전 없이는 공부할 수 없으니 제일 양책은 명일부터라도 촌으로 나가서 실과 따는 노동을 해서 약 몇 년간 절용하고 저축하면 그 후에는 공부할 수 있다는 것이다. 내가 맨 처음에 대학이라도 졸업을 하고 지금 연구에 노력하는 인사로 알았던 그들도 공부하려고 과거 5, 6년 혹 몇십 년간을 돈을 모으기 위하여 노동하다가 지금 쉬려고 샌프란시스코에 와서 유하시는 영웅들이던 것을 발견하였다. 거기서 나는 정신이 번갯불같이 번쩍하였다. 나는 공부하면서 노동할지언정 장차 공부하여 보겠다고 금전을 모으려고 노동은 안 하겠다. 만일 나도 정신없이 내일을 내가 생각하야 힘쓰지 아니하면 나의 운명이 장차 저들의 운명에서 지날 것이 없을 것은 분명히 자각하였다. 샌프란시스코와 가주 지방에서 방황하다가는 나의 운명은 전연히 실패에 귀할 염려가 없지 아니하여 속히 그 지방을 떠나 동방을 향하기로 노력하였다. 그렇게 결심하고 애를 쓰고 생각하였다. 요행 L 씨의 주선과 C 씨의 노력으로 샌프란시스코를 출발하여 오하이오주 웨슬리안 대학교로 향했다.

대학 채플의 탑첨

1914년 9월 28일 오후 1시에 버클리를 떠나서 동방에 향하게 되었다. 샌프란시스코서 일 주간 주류할 때 동포들의 준 관후하고 친절한 애정은 내가 항상 기억하여 잊지 못한다. 버클리 정차장에서 떠나야 할 때 L 씨와 C 씨는 물론이요, 교회와 청년회 대표들의 심극한 부탁과 주의는 내가 미국서 받은바 귀한 예물 중에 가장 감격이 많은 예물이었다. 그 후로는 어디서 우리 사람의 불량한 해독을 받을지라도 샌프란시스코 동포들의 애정을 회상할 때 항상 새 용기를 얻어 분투하였다.

샌프란시스코를 등지고 동으로 향한 지 반일 후에 미국에 사막이 있던 것을 비로소 알게 되었다. 어찌 적막하고도 대 유쾌한 것을 감하였는지 지금까지 그 소조황막한 구경이 어제 일같이 회상된다. 솔트레이크 시티Salt Lake City를 지나서 오마하Omaha에 지나서야 조금 위로를 받을만한 수목과 녹야를 볼 수 있었다. 시카고에 도착 후에는 환승하게 되어서 3시간 동안의 여가가 있었다. 그것을 기회 삼아 이왕에 동학하던 C 군을 방문하였다. 군을 만나니 기쁜 마음이야 참말 사희 중의 기일인 타국에 봉고인의 감이었다마는 군의 정황을 볼 때 나는 놀랐다. 그러나 우승한 천재를 가진 군은 갱생의 희망이 만만하였다. 군과 작별하고 오후 4시에 시카고 열차로 오하이오주 델라웨어 Delaware시를 향했다. 하룻밤을 지난 후 정오에 오하이오주의 수부 콜럼버스에서 다시 환승을 하여 델라웨어를 향하였는데 기차가 정차장에 멈출 때마다 창밖을 두루두루 살펴본다. 델라웨어가 어디인지 알지 못하나 내가 입학하려 하는 대학의 채플의 사진을 가진 고로 그 사진에 표한 채플의 탑첨은 굉장하여서 눈의 띄우기만 하면 그곳은 델라웨어인 것을 판명할 수가 있다. 그러하는 저간에 차장이 「어디 가느냐?」고 물었다. 나는 그 사진을 들고 보면서 웨슬리안 대학교로 간다고 말하였다. 차장의 인도로 델라웨어시 펜실베이니아Pennsylvania 역에 턱 내려섰다. 아하! 여기가 델라웨어냐. 정차장에서 쓱 나서니 대학 채플의 탑첨은 내가 익히 사모하는 것이 분명하고 웨슬리안은 내가 나를 알게 할 분투장이겠다며 스스로 옷깃을 바로하였다. 델라웨어란 말은 듣기도 많이 한 곳이라 나는 델라웨어를 알지만 델라웨어는 나를 모를 테라. 내가 가진 금전이 얼마나 되나 하고 재포를 툭 털어 보니 잔여금이 정확히 2불 4각이라. 나는 대학 채플을 향하여 말하였다. 「채플의 탑첨! 내가 산 넘고 물 건너 너에게 배우러 왔노라. 내가 너를 사랑하고 싶다. 너도 나를 사랑하여 주려느냐. 내가 네게 올 때 2불 4각이 내 전부다마는 내가 네게서 2억 4백만불 가치의 학술을 배우러 왔다. 오호 신이어! 내가 여기 왔습니다. 영사언정 대학을 필업하고 이 정차장에서 떠나가게 하여 주시요. 수치스럽게 델라웨어시를 떠나지 말게 하시고 영광과 성공을 가진 이별이 되게 하여 주십시오」하고 눈물을 짜고 두 손을 합하여 나와 내가 결심의 언약을 맺었다.

시내를 향하여 들어가면서 좌우를 살펴보니 단풍은 도로의 양측을 따라 서고 시가는 고요하고도 미려하여 이상적 대학촌이 분명하더라.

신 환경에 신생아의 이상하던 개척 생활

델라웨어는 제19대 대통령 레이스Rutherford B. Hayes씨의 출생지로서 2만여 명 시민들의 자랑하는 소읍이오, 웨슬리언 교도들의 교풍 주의에 실행 촌이다. 비교적 한적한 주택촌이지만은 공민 생활에 결하지 못할 기관들은 충분하게 설비되어 있다. 이

제 그 기관들을 약거하면 다음과 같다.

공사 – 시정청, 재판소, 우편국, 재향 군영
종교적 봉사 – 교당, 시 YMCA, 양로원, 고아원, 자혜의원, 감화원
공민적 시설 – 공회당, 상업회의소, 은행 4, 시립병원, 전기와 와사
회사, 스테손 2, 하수도, 냉수도, 탕수도
교육기관 – 유치원 3, 소학교 5, 중학교 3, 대학교, 카씨 도서관, 박
물관 '음악학교, 미술학교' 대학 부속,
오락적 시설 – 공민 운동장, 유희장, 공원, 극장

기타에 유사 심의를 따라서 조직된 소단체와 구락부 등은 실
로 미황하다.

원래 미국의 도로라 하면 청결하고 기려 할 것은 누구나 다 예
상할 것이다. 샌프란시스코나 기타 대도회는 물론 그러할 것으
로 짐작하겠지마는 한적한 소읍에까지 그렇듯이 안전하고 미
려하게 도로가 시설되었을 것은 몽상치 못했던 사실이었다. 좌
우 측로야 물론 시멘트로 하여 놓을 것이나 차도까지 아스팔트
로 부설한 위에 농유로 도고하여서 자동차와 마차가 잇달아 달
려도 행인에게 아무 불쾌감을 주지 않는다. 그뿐 아니라 매일

수차식 펌프로 수돗물을 인용하여 도로를 소세해서 그 청결하고 상쾌한 것은 사람으로 하여금 낭연한 심기를 가지게 한다. 그러한 시가와 도로 옆마다 화원도 설비하였으며 새파란 잔디 언덕 위에는 유공한 공민들의 동상들도 설립하였다. 그 광활하고 화려한 시가와 대도 상에 쌍쌍이 짝을 지어 오고 가는 남녀 청년 학생들의 보조와 기상은 실로 개세의 영기가 발발하다. 아! 나는 그러한 신 환경에 투출되어서 신생아의 운을 다시 경험하게 되었다. 자기를 스스로 개혁하야 환경에 적당하게 조화해야 하겠으며 생활의 방법도 혁신하여 새로운 취미와 새로운 기분을 가지고 새로운 분투를 시작해야 하게 되었다. 아! 신생아의 분투 생활의 진로가 과연 평탄하였는가? 험악하였는가? 대학 채플의 첨탑을 쳐다보면서 애드미니스터 레순 홀을 향하여 발자취를 옮겼다. 옷깃도 바로 하며 넥타이도 재삼 만지면서 대학 총장께 면회할 선후를 생각하면서 총장실 입문을 고하였다. 약 28세쯤 되어 보이는 청년 여자가 문을 가볍게 방싯하게 열면서 「웰취 박사를 찾으십니까? 누구십니까?」 나의 명함을 청한다. 「에! 나는 코리아서 온 노정일입니다」하고 명함을 교부하였다. 「잠깐만 기다리세요」하고 그 여자는 반쯤 열었던 문을 닫는다. 나는 가슴이 울렁울렁하면서도 「그 여자의 태도가 참 점잖기도 하다」하고서 그의 온공한 표정을 탄상하였다. 문을 다시 열면서 「노정일 씨 이리 들어 오십시요」 안내가 되었다.

루스벨트식의 풍채를 가지신 총장께서는 의자에서 일어서면서 악수를 청하여 예사를 「노 군! 처음 만나니 유쾌합니다. 이리 앉으시오, 언제 오셨습니까? 노 군이 스스로 자기를 설명해야 하겠습니다」 한다. 나는 통정하기가 매우 곤란한 것을 이기려고 애를 썼다. 이따금 총장은 미소를 띠면서 「오! 그래 알아듣습니다. 어서 말씀하시오」 동정 화한 안색을 보인다.

총장이 다시 의자에 몸을 바로 하면서 「내가 군이 스스로 설명하는 것을 들으니 기쁩니다. 그런데 어쩌면 좋을까!」 잠시 침사하는 모양을 한 뒤에 옆에 서서 우리의 대화를 경청하던 여자 서기를 시켜 대학 YMCA 총무 L 군을 청래하라고 명한다. L 군이 협문을 열고 들어선다. 「아! L 군인가!」 총장이 의자의 방향을 돌리면서 「무슨 말을 군이 들을 것 같으냐」고 일종의 농담을 걸면서 나를 소개한다. 자기들이 서로 약 30분간이나 무슨 말을 하는지 그 요령도 채지 못할 말을 한 뒤에 총장이 의자에서 일어서면서 나의 손과 등을 어루만지면서 「우리가 극력 해서 군에게 분투할 기회를 열어 줄 터이오. 그것이 우리의 책임이 되는 것만치 군이 가능한 전력을 진해야 할 것도 역시 군의 책임이니까 남자스럽게 분투하기를 바랍니다. 군이 그러한 결심을 가진 줄 믿습니다. 범사를 L 군이 지도하는 대로 하면 염려할 것이 없으니 그리 알고 또한 어느 때든지 나를 보아야 할 일이 있거든 들어오시오. 환영입니다」춘풍이 부는 듯한 언사로서 추상같은 듯한 주의를 하여 주었다.

나는 L 군을 따라서 교정에 나섰다. 남녀 청년들이 각 교실 정문에서 들썩들썩 밀려 나와서는 채플 정문으로 한끝이어서 밀려들어 간다. 나는 L 군의 팔에 감기여서 물끄러미 그 활기 있는 광경을 주시하면서 무한한 강개와 흠모의 감을 느꼈다. L 군은 나의 팔을 이끌면서 「지금은 채플 시간이 되었으니 들어가서 참배합시다」안내를 하여준다.

채플 깰나리에 한 의자를 점령하고 1,500여 명의 남녀 청년이 가득하게 앉은 것을 내려다본 나는 15분 동안 거행하는 순서를 의미 위에 새 의미를 붙여서 관찰한다.

정각이 되자 채플 플랫폼에는 150여 명의 교수 어른들이 출석하자 굉장한 파이프 오르간의 주악이 굉장히 거대한 채플을 울려서 웅장하게 향응하며 채플 돔 아래 걸려 늘어진 스타스 앤드 스트라이프(미국의 국기)는 펄펄 참배하는 청년들의 머리 위에 움직인다. 주악을 마친 끝에 '하나님은 복의 근원' 성가를 오르간과 함께 온 회중이 사음에 분화하여 찬송을 드린다. 총장께서 정숙하고 웅엄한 음조를 발하여 열렬한 정성으로 기도를 인도한 뒤에 성경을 유창하고도 엄숙하게 낭독하고 연하여 간단하나 뼈가 들고 피가 붉은 권설을 한다. 교가와 축사로 폐회된 후에 가득히 찼던 남녀 청년들이 조금도 잡답한 모양 없이 서서히 산회하는 광경을 목도하는 나는 경해보다도 미국인의 위대를 탄상하였다. 1,500여의 청년을 교육하는 대학교가 미국에 재하여 웨슬리언 하나뿐만 물론 아닐 터이요, 몇백으로 셀 수 있을 테라. 미국 48주의 하나인 오하이오주에 재하야 57곳의 대학교가 있다. 일로 미루어서 미국의 문화를 엿볼 수 있다.

나는 다시 L 군의 지도를 따라서 한 학생구락부를 방문하였다. 거기서 여러 학생들을 알게 된 뒤에 오찬까지 머물게 되었다. 약 30명이 식탁에 취하여 서로 화악을 즐기는 것을 볼 때 나는 마음에 스스로 깨달은 것이 있다. 「아! 하! 이것이 생활이로구나. 떡으로만 사는 것이 참 생활이 아니고 화악으로 사는 것이 참 생활이었지!」하고, 나는 식탁에 있어서 L 군에게 항상 귀를 기울이고 있었다. 식탁에서야말로 좋은 설교를 듣게 되었다. 그 설교는 죄를 회개하고 지옥 불을 면하라는 설교는 아니었다. 분투는 자로를 의미하고 자로는 자립을 의미하며 자립은 인생의 최고 도덕이라는 설교다. 그 설교는 아직이나 오래토리의 법칙을 사용치 아니하고 오직 풍인트 콘택트에 있었다. 식탁 좌우 옆서 분주 하는 웨이터들을 내게 소개한다. 「이 친분은 지금 문과 4학년생이요. 이는 신입생으로서 지금 영광스러운 벌을 쓰노라고 상 심부름을 합니다. 조선서도 그런 일을 좋게 여기오?」 L 군은 나의 의견을 들어보려고 한다. 「아니 올시다! 조선서는 그런 노동 하면 천한 사람으로 여깁니다. 아니! 천히 여기는 것보다도 천한 사람만 그런 것을 합니다」 「그러해요? 그런 것이 사실이면 참말 이상하게 재밌구려! 노 군도 그렇게 생각합니까?」 「아! 천만의 말씀, 조선의 풍속이라면 그렇지만 조선 청년이라고 하면 그런 것이나 저런 것이나 무슨 노동이든지 의로운 동기와 목적에 있으면 신성한 줄 믿습니다. 누구든지 다 할 것으로 압니다」 「아하! 진리요!」 L 군은 식탁에서 일어서서 나와 자기 사이에 담화한 것을 들어서 일장 테이블 연설한다. 박수가 기한다.

구락부에서 떠나서 L 군을 따라 정원 밖으로 슬멋슬멋 나간다.

L 군은 손으로 여기저기 가리키면서 「이 풀밭도 깎아야 할 것이고 저 길도 쓸어야 하겠지! 어느 학생이 벌써 그 일을 얻었는지!?」 스스로 묻고 대답한다. 「자! 노 군! 우선 숙식할 곳을 얻어야 하지요?」 L 군은 나의 얼굴을 쳐다본다. 「예 그렇습니다. 지금이라도 그런 곳을 얻어야 하겠습니다」 「옳습니다. 지금 나와 같이 가 봅시다. 저기 한 부인이 스쿨 보이를 구하는데 아마 될 듯해요」

한 80평이나 덮어 세운 연와저택에 정원으로 말하면 적어도 1천 평이나 되고 테니스장 옆에는 채원이 연하여 있고 주위에 둘러선 메풀투리의 서리 맞은 잎은 정원과 좌우 측로에 우슬우슬 떨어진다. L 군은 도어 벨을 누를 때 나의 가슴에는 태산이나 무너지는 듯하게 울리었다. 주 부인의 응접을 바다 썩 들어서니 왕후의 궁전은 일직이 구경도 못 해 보았지마는 궁전인들 어찌 그렇게 화려할까. 의심하리만큼 감상이 되었다. 주 부인의 제일 조건은 「캔 유 스피크 잉글리쉬?」의 일언이었다. 「힘쓰면 잘할 줄 압니다」고 대답했다. 「옳지요. 참말 그렇습니다. 우리 주인께서는 항상 여행하시고 나 혼자 누이와 두 애가 있기 때문에 가사에 이따금 곤란한 일이 있어서 돌봐주는 이가 있으면 하고 적당한 학생을 구하던 중인데! 당신이 즐겁게 일할 각오를 가지겠는지요? 요리는 아마 해 보지 않았겠지요? 요리는 내가 할 터이고 그 외 범사는 나를 도와서 해주면 매우 좋겠습니다」「그러면 매일 몇 시간이나 일하게 될는지요? 공부를 하면서도 할 수 있는지요?」「물론입니다. 매일 학교에 출석해야 하지요. 그는 시간을 보아서 일하다가도 학교 시간에는 학교에 가게 하지요. 손을 보니까 일은 해보지 않았으니까 얼마 동안은 내가 어떻게 하는 것을 지시하지요. 내가 원하는 대로 하면 방과 식사와 세탁은 염려할 것이 없습니다」고 「내가 가능한 노력은 다할 터이니까요. 더 깊은 언약은 무어라고 더 할 수는 없습니다. 그러나 공부할 시간만 내게 주면 만족하겠습니다」고 W 씨 부인의 고용인이 되기로 작정이 되었다. 아! 1914년 10월 4일에 있어서 생발 후 처음으로 타인의 고용살이를 시작하게 되었다. L 군이 W 씨 부인에게 약 20분 동안이나 무슨 이야기를 하는 모양이다. 나를 위한 부탁인 것은 분명하였다.

「보아야 유망한 청년입니다. 아무쪼록 참고 노력해서 성공하시오. W 씨도 학생 시대에 여관에서 요리하면서 공부하였습니다. 내가 언제 한번 동양 갔던 선교사의 말을 들은 일이 있는데 그이가 말하기는 동양서는 일하지 않는 사람을 신사라 한다더

군요! 참말인지? 그것이 과연 참말이면 우리나라와는 정반대입니다. 우리는 노동을 존중히 여깁니다. 노동하지 아니하는 부인이나 신사가 있다고 하면 그 사회는 타락이니까. 사회의 지위를 가진 부인일수록 더욱 가사를 자기가 하면서 자기 손이 미치지 못할 경우에는 타인에게 의뢰하는 것은 건전한 사회의 풍기라 할 수 있습니다. 금전을 위함보다도 프린시플을 위해서 그래요. 당신은 지금 갓 온 사람이니까 정돈할 것도 많을 터이고 학교에 입학하는데도 볼일이 많을 터이니 2, 3일간은 나를 도와서 일하지 아니해도 좋으니까 그리 알고 범사를 정돈하게 하시오」 부인은 각 방면으로 나의 마음을 안정하도록 하여 주며 자기 집 같은 감상을 가지게 하려고 한다. 그 점을 살펴 생각할 때 마음에 깊은 교훈을 많이 받았다.

어학이 부족하고 시간도 넉넉하지 못하니까 대학에 정과생으로 입학하기는 만무한 사정이었다. 선과생의 명칭 하에서 어학의 요구가 적은 불어와 희랍어를 대학의 학과로 택하고 영어는 개인교수의 훈도 하에서 공부하게 되었다. 매주간에 7시간씩만 학교에 출석하고 고용 살림을 하였다.

내가 거처하는 방으로 말하면 W 씨의 주택에 있어서는 제일 좋은 방은 못 될 것은 누구나 다 짐작하겠다. 그러나 우리 서울서 매삭 50원씩 지불하고 숙식하는 방에 비하면 실로 천양의 차가 있다. 쓸 만한 의자도 둘 셋이나 되고 침대로 말하더라도 「경성 부호님들이 그만한 침대를 사용하는지!?」할 만하게 만족하게 여겼다. 부인의 신용하여 주는 덕으로 항용 보이에게 허락하지 않는 세면대, 변소, 목욕실을 자유로 사용하게 되었다. 또한 열외의 대우로 내가 일생을 통하여 잊지 못하고 감은의 생각을 느낄 것은 무엇보다도 식사다. 아니 식사라 하면 떡을 의미하는 것이 아니요, 신사적 대우의 의미가 적절하다. 항용 고용인은 주방에서 밥을 먹는 것이다. 또한 상 심부름을 마친 뒤에 먹는 법이다. 그러나 부인께서 나를 자기 가정의 일인으로 인정한다고 식당에서 같이 음식하기를 청한다. 「아니올시다. 고용인은 고용인의 대우를 받아야 하지요」 도리어 미안하다고 거절도 했다. 「옳습니다. 그러나 정일이 일할 때는 일하는 사람인 것은 사실이나 내 집에 있을 때는 우리 가족 중에 일인인 것도 사실입니다. 우리 가족 중에 일인이라는 것이 우리의 친족이란 것을 지어서 의미하자는 것이 아니라 우리 가정의 가정 목사라고 합시다」 그래서 나는 음식을 식탁에 죄-다 준비해 놓고는 내가 항상 축사를 인도하게 되었다.

어떤 정택까지는 내가 동경 유학 시대에 서양인 교제에 그들의 풍속과 식탁에서 하는 작법을 실지로 보고 배웠던 것을 3주간이나 실습하였던 것이 유력한 효과가 있게 되었다. 부인께서는 이따금 놀래는 기를 표한다. 「정일이가 우리 음식 먹는데 숙련하구려! 조선서도 우리와 같이 음식을 합니까?」 어쨌든 부인의 대우에 있어서는 나의 감정을 상하게 한 일이 없다고 하여도 과언은 아니 될 줄 안다.

공부할 것이 문제 중에도 일대 문제가 되었다. 이제 내가 매일 해야 하든 일의 종류를 열거하겠다. 그중에 통절한 희비극이 가득하였을 것을 짐작하여 주면 고맙겠다. 내가 소설가가 되었든가 시간의 여유가 많은 신사가 되었으면 희극 비극을 그대로 썼으면 장래에 미국 유학을 몽상하는 나와 같은 빈한한 서생에게 유익이 될 줄은 알지만 이도 저도 못되니 할 일 없이 그 종류만 들고자 한다.

1. 매일 오전 5시에 일어나 풀취와 사이드워크를 소제하고 주방에 들어와서 부인이 요리에 착수하기 전에 준비해 놓아야 할 것이 많다.

  a. 와사스토브(요리로)에 탕관을 놓아 물을 끓여야 한다

  b. 실과를 벗겨야 한다

c. 감자를 갈아야 한다

d. 커피를 만들어야 한다

e. 식당 소제를 해야 한다

f. 식당에 상을 차려 놓아야 한다

g. 말에게 물과 생요를 주어야 한다

2. 조반 먹은 후에는

a. 상을 치워야 한다

b. 쓴 기명들을 구별하여 씻어 놓아야 한다

c. 학교에 상학한다 (9시)

3. 10시 반쯤 돌아와서는

a. 아침에 싸 놓은 기명들을 씻어야 한다

b. 말 솔질을 해야 한다

c. 사이드워크과 포치에 먼지와 단풍을 쓸어야 한다

d. 점심 준비에 조력해야 한다. 그 일은 조반 때에 2배쯤이나
되게 분주하다

4. 오후 2시쯤 해서 상학하였다가 3시 반쯤 되어서 돌아온다

a. 주방을 맑게 닦아야 한다

　　b. 말을 먹여야 한다

5. 오후 5시에는

　　a. 목욕실을 닦아야 한다 (1주간에 2차씩)

　　b. 저녁 예비와 식사와 소제하는 일은 점심때보다도 더 분주

　　　하다

　　c. 정원 소제는 1주에 2번 한다

6. 동절에는 눈 치우기

7. 하절에는 풀 깎기

8. 추절에는 단풍 긁기

9. 매 토요일에는 가택 전부를 소제하고 기름으로 닦기

10. 주일에도 할 일은 다 해 놓고 교당에 참배하기

11. 시시로 마차도 몰아야 하며, 채원에 농부도 되어야 하며 도어

벨이 울리면 응접하기

주인을 만족하게 하려면 몸도 곤하게 되고 공부도 할 여가가

없게 되며 공부에만 맘을 두면 하여야 할 일을 등한히 하게 된

다. 어쨌든 분시 동안이라도 느긋하면 곧 그 결과가 드러나게 된다. 부인은 항상 나와 같이 일하니까 내가 할 것을 못 하게 되면 부인 외에는 할 사람이 없는 형편에 옴짝달싹 못 하게 내가 모든 것을 눈에 보이는 대로 해야 하게 되며 가사의 일반에 내가 곧 책임자가 되었다.

가엾은 대학 생활

눈물 많고 감격 깊은 고용살이를 한날같이 계속하여 간다. 칵 막히는 가슴을 양수로 움켜쥐고 이마를 책상 위에 대고 아무 정신없이 엎드려 있다가도 화다닥 일어서면서 스스로 분발하자고 선언한다. 「내가 지금 고용살이를 한다마는 그러나 스쿨 보이가 아니냐! 자기의 심간을 수양하며 수완을 간마함이 아니냐! 황금을 위함이 아니요, 학문을 위함이 아니냐! 그러면 남자답게 분투해라」하고. 그렇게 선언하기가 열 번이나 스무 번만 아니었다. 참말 미처 겨를이 없었다.

그러는 동안에 찬바람과 눈은 벌써 화창한 봄의 기운에 쓰러져 갔고 녹음방초는 쌀쌀한 기운에 말랐는지 추상에 황달 병이 들었는지 산에도 홍엽, 들에도 홍엽 도처에 소슬한 단풍은 추색을 노래하는 동시에 스쿨 보이 살이의 1주년이 되었다고 일러준다.

「아 1주년이 되었구나, 신 개학기가 되었구나! 고용살이의 신학기냐, 학생 생활의 신학기냐!」고 스스로 한탄을 하면서 무슨 방법을 취하여 가장 가치가 있는 분투를 하게 될까! 주 부인의 만족에 응할 만한 충실한 고용인이 되자면 학업의 성공은 꿈꿀 새도 없게 되고 학생의 생활을 충실하게 하자면 부인을 만족게 할 수는 가능치 못할레라. 「어쩌면 좋을까! 학업을 정지하고 돈을 모으는 데에만 전력할까! 돈 모으는 것을 먼저 성공해 가지고 학업에 착수할까! 아! 그게 될 말이냐! 돈 모으겠다고 노동은 못할레라! 자심에 부끄러워서 참말 못할레라! 그러면 고용살이를 그냥 계속하는 것이 양책이냐! 그 외에 타 방도가 없느냐!」하고 신학기 개학 일자는 점점 가까워져 올수록 번민은 더욱 맹렬해진다. 그런 고통을 경험하고 있는 최중에 서간 1통을 받았다. 그 서간은 고국으로부터 오는 음신도 아니었고, 애인의 정서도 아니었다. 그 편지는 서간이라는 것보다도 호출장이라는 것이 그 내용에 있어서는 적당하다. 즉 대학 총장의 단찰이었다. 총장께서 호출한 정각에 어김없이 출두를 하려고 주부에게 그 지를 설명하고 허락을 얻었다. 총장실에 안내되어 들어서면서 나는 인사의 말보다도 박사의 안색부터 먼저 관찰하려고 하였다. 「주신 서간은 받았습니다. 그런데 무슨 말씀할 것이 있습니까?」 나는 아무 상상 없이 다만 의아의 생각만 가졌다. 총장은 대답에는 주의를 아니 하고 담착한 기분으로 「노 군, 재미가 어떠세요? 보니 안색이 매우 좋습니다」 「그렇고 그렇습니다. 어쨌든 작년 이때보다는 자기가 스스로 생각해도 달라진 것이 좀 있는 것 같아요」 「그런데 공부에 재미가 어떠시오?」 「공부에 재미를 맛볼 기회를 많이 가졌어야지요. 그러나 힘은 써보았습니다」 「참말이요, 그런데 힘쓰는 줄은 벌써부터 알았습니다. 대학 과목으로 공부한 보고로도 알았고요. 영어를 도와주는 S 군의 말로도 알았습니다. 그런데 W 부인께서 뭐라고 하셔요? 이왕부터 해오는 일을 그냥 해달라고해요? 그일을 그냥 계속할 수는 없는데!」 「W 부인께서야 아무 말씀이 없지요. 그러나 내가 생각하는 것은 많습니다. 신학기가 임박해질수록 답답해져요. 공부를 충실히 해야 하겠는데요. 이 모양으로 세월만 보내면 아! 어찌합니까!」 내 말을 들으면서 총장께서는 서간 축을 뒤적뒤적 살핀다. 「노 군, 그렇게 염려할 것은 없습니다. 제일 어려운 것은 벌써 노 군이 다 이기었습니다. 그런데 지난 주일에 노 군에게 대한 좋은 편지 한 장이 내게 왔어요. 그는 자기의 이름을 발표치 말아 달라고 주의를 하셨습니다. 편지에 아무 사사로움 없이 다만 노 군에게 매 학기에 50불씩 지불하기를 원한다는 말씀뿐입니다. 참말 고마우신 이입니다. 나는 노 군을 위하여 기뻐하는 것보다도 우리 학교를 위하여 영광으로 생각합니다」아! 나는 그 통고를 듣는 그 순간에 심리는 독자 제 씨에게 맡겨 받치고자 합니다. 「W 부인에게 신학기부터는 공부에만 전심해야 하겠는 때문에 어쩔 수 없이 일을 정지하게 되었다고 말하세요. 내게 부탁하는 부인께서 매 학기 50불씩 지발하겠다니까 그것이 1학년에 150불이나 되고 또한 일전 직원회에서 노 군에게 130불을 장학금으로 수여 하기로 작정되었으니까 그것을 가졌으면 식비와 학비는 넉넉할 터입니다. 그 외 방세와 잡비에 대하여서는 무슨 양호한 도가 있을 듯하니 염려 마시오. 오래지 안해서 Y 총무 L 군에게서 무슨 소식이 있으리다. 그리고 학과 선택이 매우 중대한 것인즉 S 군과 상의해서 하시요. 내게 무슨 일이든지 자유스럽게 말해주시오. 나는 군에게 재미를 많이 가졌으니까」나는 총장실을 떠나서 채플로 들어갔다. 약 1시간이나 감사의 마음을 느꼈다. 채플 전면 계단에서 교정을 둘러볼 때 여기저기 우둑우둑 둘러선 교실들의 광경은 내 가슴에 새로운 정을 일으켜 주며 나는 비로소 대학생이라는 자각을 가지게 되었다.

아! 신학기가 되었구나, 대학 생활의 신학기가 되었구나! 현명적 노력을 진하여 충실한 학생 생활을 기도하였다.

등록을 마친 날 밤 개학일 전야에 총장 사택에 신입 학생 환영 야회가 열렸다. 신입생만 쓰는 홍색모를 푹 눌러쓰고 까만 코트와 흰 트라우저를 입은 소년 남아들과 소복으로 단장한 처녀들이 각각 자기들의 원적과 성명을 쓴 편지를 옷깃에 붙이고 월하에 조수같이 곤곤히 밀려들어 온다. 총장께서는 동부인하고 입구에 서서 옷깃에 붙인 이름을 살펴 가면서 빼씨 혹은 찰네 등의 이름을 불러 화기가 진진한 웃음을 섞어 인사하여 맞는다. 한편에서는 피아노 독주 혹은 합창, 다른 편에서는 누성 기악대, 또 다른 쪽에서는 입담의 웃음꽃이 피었다. 아! 독주, 합창, 축음대, 담화의 웃음꽃, 죄-다- 조화롭게 일대 환락의 세계를 이루었다. 아이스크림에 과자 조각은 먹으나 마나 문제가 아니다. 어떻게 해서든지, 말을 해서든지, 노래를 해서든지, 서로 유쾌를 감케 하는 것이 문제다. 앵두나무 알에 병아리 같이 놀고 싶은 대로 논다. 남자는 남아의 최선을 발휘하라는 것만치 여자는 여성의 최고의 아름다움을 보이려고 한다, 환락의 순간은 영원 화가 될지는 모르겠으나 기계적 시간은 기다림 없이 초 분으로부터 벌써 야반이 가까웠다. 교가를 합창한다. 산회가 된다. 단꿈을 서로 빈다. 추색 황혼에 날아들던 외기러기 호월상천에 쌍을 지어 노래하며 돌아간다.

채플 타워에서 울리는 종소리가 사공에 진동하자 각 구락부와 여자관에서 들썩들썩 밀려 나오는 청년 남녀들은 큰길을 덮어 눌러 무슨 시위 행렬이나 하는 것처럼 한끝에 달려서 대강당으로 몰려 들어간다.

[시업식]

식을 거행하는 순서에 있어서는 상열인 기도회의 절차와 다른 점이 별무하다. 그러나 식의 정신과 회중의 기분에 있어서는 활기가 만만하고 희환이 진진하다. 미국인의 집중력이 위대함과 임시립장에 환경에 응하는 자신조화성에 민첩함에 대하여 실로 탄복 아니 할 수 없다. 교당에 예배할 시는 전 정신을 집중하여 예배자의 태도를 정숙하게 가지고 오락에 참할 때는 천진난만한 무사기의 아이가 되어주며 연학에 임하여서는 천하가 물커진다 할지라도 꼼작하지 않고 태히 아무 산정을 감치 않는 것 같이 열중한다. 아이를 대하면 아이와 같이, 소년을 대하면 소년처럼, 청년을 만나면 청년인 듯이 응접하는 것은 미인 장년의 생활기라 해도 과언이 아닐 듯하다.

[기희寄獻에 대한 호감]

신입생에 대한 상급생의 태도는 미국 사회에 독특한 성격이다. 신입생에게는 아무 저항이나 반박의 권이 없다. 상급생이 하라는 대로 복종하는 것이 기희의 도덕이다. 맞으려면 맞을 뿐 울려면 우는 모양이라도 할 뿐 웃으라면 웃을 뿐 구두라도 닦으라면 닦을 뿐 어떠한 명령이든지 상급생의 명령이면 저항하거나 반박할 수가 절대적으로 없다. 만일 반박하던지 불평을 오하는 경우에 대학생다운 청년 신사가 아닌 자로 인정된다. 그런 때문에 여하하게 대우하더라도 복종하는 이나 명령하는 이가 악의를 회하는 것이 아니고 기희에 대한 호감을 가진다. 그래서 신입생 된 이로써 누구든지 그러한 기희에 농락을 많이 받을수록 명예가 있게 된다. 친구를 많이 가지게 된다. 사교계에 효성이 된다.

[개성존중]

대학 교육뿐 아니라 일반 미인의 교육은 개성 발전에 주요시를 하는 것은 위대한 국위의 소인으로 안다. 학생이 스스로 연구하게 지도하는 책임을 가진 자를 교사 혹은 교수라 한다. 그런 때문에 시험할 때도 교수가 감시하는 등의 일을 감히 하지 못한다. 학생회에서 규정한 바를 위하여 시험 답안 끝에 「나는 자아의 명예를 존중히 여김으로 내가 타를 사조 하지도 않았으며 타의 사조를 받지도 아니하였다. 이제 그 책임을 지고 서약합니다」고 서명한다. 그런 일에 대하여 무슨 혐의를 받는 동시에는 그 사람은 그 당장에 자기라는 것을 장사하는 것이 된다. 시험답안에 선언하는 것과 유사한 일반규율을 학생단체가 제정해서 각 학생 개인이 자발적으로 준수하게 한다. 그 등유의 규율은 단체 명예를 개인의 자발적 미덕으로 보장하자는 동시에 개인의 부덕을 개인적으로 지배하겠다는 것과 같은 사상은 역시 염두에도 치지 않는다. 그래서 개인이 개인의 사에 간섭하면 더한 실례가 없다. 개인은 자기의 일에만 열중하는 동시에 단체의 권위를 존중히 여기는 염려가 지극하다.

[구락부의 미풍]

유사 심의를 따라서 조직된 단체는 몇십으로 셀 수 있다. 각 단체 혹은 구락부가 각각 전문적 연구를 목적하기도 하며 주의 주장을 목적하기도 하며 우의적 친선오락을 목적하기도 한다. 각 개인이 자기의 취미와 이상에 합하는 동지가 규합되면 즉시 새 단체가 조직된다. 한 학교 안에 여하히 다수한 단체가 존

재한 것을 볼 때 나는 경해치 않을 수 없었다. 그러나 점점 그 환경에 생활이 조화가 될수록 입참해야 할 구락부의 수도 점점 증가되었다. 그렇지 않고서는 만족한 오락을 얻을 수가 없었다. 문예 구락부에 참여하면 문예에 대한 취미, 사회문제 연구회에 참여하면 사회문제 연구에 대한, 음악 구락부에서는 음악에 대한 취미를 얻을 수가 있다. 문예 구락부 원이 되었다고 그 구락부 원 일동이 죄-다- 의견과 사상이 동일한 것은 아니다. 인생관에 대하여서는 각각 부동할 것은 물론이다. 그러나 문예 구락부에서는 문예에 대한 취미만 얻자는 것이 목적이다. 문예 구락부에서 종교의 취미나 정치의 취미를 구하자는 것 같은 것은 실로 무리한 주문이므로 취미를 다방면에 가질수록 다수한 구락부에 참여하게 된다. 때문에 대학 총장이나 교수들은 항상 학생의 진보와 사상 발전을 각 학생이 관계하는 구락부의 성질과 수를 조사하여 학생 생활의 성공 여부를 관찰한다. 구락부 수가 증가할수록 학생의 생활에는 활기가 더하게 되며 생활의 활기가 왕성할수록 각 구락부와 구락부 사이에 연락 활동의 색변도 더 농후하여진다.

[운동 경쟁과 신사풍]

절기를 따라서 교제 체육술 경쟁은 대학교육 1년 순서 중 최중시하는 경쟁이다. 그 경쟁에 맹렬한 도수에 있어서는 국제전쟁에서 지지 않을 테라, 그 경쟁의 승부에는 피와 살을 다해서 결투를 한다. 하지만 부정한 음계나 난폭한 불상사는 일체 금물로 여길 뿐 아니라 운동 경쟁은 정의와 공평의 유희인 신사적 도락이라는 의미하에서 결투하는 선수나 응원하는 관중들이 나의 심두에는 불쾌의 감이 생길 혐의도 없다.

대학 생활의 일반을 설명하기는 불능하다. 어쨌든지 대학 생활이라면 학술연구의 생활 혹은 인격 수양의 생활이라고 하겠다. 제반 대학 생활의 활동의 형식은 각기 부동하나 주요한 기분은 사교적이다. 종교적 집회에도 사교화가 되어서야 비로소 그 진체를 발노시킬 수 있고 그 진체가 실생활에 조화롭게 된다. 연학에 진땀을 흘려도 달고 경쟁에 승리를 얻어도 달고 패배를 당하여도 단맛을 보는 기회가 된다. 어떠한 집회에서든지 어떠한 단체에서든지 모든 활동을 직접으로나 혹은 간접으로 사교화를 시키는 것으로 그 주요를 삼는다. 그리고 보니 대학 생활의 성공 여부는 학생 자신이 일반 활동에 이상적으로 사교화가 되고 못되는데 있다 해도 과언이 아니다. 하고자 하면 사교화가 되지 못하는 인물로서는 대학 생활의 참맛을 맛볼 수 없다는 이유에 있다. 취미와 쾌락에 화한 인물이 되지 못하고 건조 무미한 골생원으로서는 학문의 바다에서 유렵하는 술법도 획득하기 어렵다.

모춘 신록

아! 왔구나! 봄이 왔구나! 그린레이크Green lake「녹호」의 거울 같은 얼음마당에서 스케이트 타던 모네(여자관 이름)걸들의 외다리 경주와 나비춤의 활경은 사랑스럽게 기억에 배회하고 바이올렛과 장미꽃 보케트는 청춘 여자들의 가슴 위에서 사교계의 명성인 것을 스스로 자랑한다. 아아! 갔던 봄 다시 와서 녹음이 저물어 가는데 인생의 봄 언제 오나! 둘도 없는 인생의 봄, 한번 가면 다시 못 오는 그 봄. 왔는가? 오는가? 가는가? 오면서도 가려는 그 봄 귀엽게도 감상 된다.

대학생활의 모춘을 맞으면서 분투 무대의 제3막이 열리려 할 때 학해의 쾌극인교제변론 경쟁의 선수로 등단한, 분투아는「화원이냐 전장이냐?」하는 문제로 편견을 절규하는 그 활극이야말로 골계적인 것만치 경쟁에서의 승리의 공포도 역시 통쾌한 현장이었다.

기화가 웃고 요초가 맑은 향기에 흔들리는 듯한 세계적 낙원을 이상 하는 우리 인간이 빗발같이 쏟아지는 총알 아래 사람의 시체가 산같이 쌓이고 피가 바다같이 흐르는 참경을 지으려고 하는 것은 무슨 야심이며 춘풍이 부는 듯한 우의를 연망하는 인종이 서로 눈을 흘기고 이를 갈며 철권을 상교하는 현상은 무슨 심술인가! 아 꽃 웃고 향기 가득한 동산으로, 춤추고 노래하는 나라로 가고 싶다! 적어도 그러한 세계를 그리고 보며 그러한 공기를 마시고 싶다. 그래서 경우와 사정을 초월해서 노래하고 즐거운 대학 생활을 하려고 하였다. 대학 정과를 수하여가면서 콘서바토리 오브 뮤직에 입하였다. 기대하던 환락을 만족하게 얻었다고는 말하기 주저한다. 그러나 실패의 감은 염두에도 없었다. 졸업시험을 마치고 나서면서 고별연회가 열리기 전날 밤에 음악학교「콘서바토리 오브 뮤직」재학생 선발 콘서트에 출연하는 득의의 아가 되었다. 롱펠너 씨의「알나」와 뻐셈 씨의「청풍」등의 시를 암송함으로 칼리지 보이의 생활을 마치게 되었다.

미시간호반의 황혼

아름다운 시 델라웨어는 내가 나를 알게 하는 분투장이라고 스스로 옷깃을 바로 하면서 찾아 들어오던 때가 어제 갔건만 어언 삼유성상을 눈물과 웃음으로 정 떼려고 온 소읍이다. 청공에 용립한 채플 첨탑을 우러러 바라보며 「수치스러운 이별이 되지 말고 대학을 필히 졸업하고 영광과 성공의 고별을 하게 하여줘」하고 눈물을 짜면서 양손을 합하여 나와 내가 결심의 언약을 맺은 그 순간이 절실하게도 회상된다. 은혜스러운 델라웨어시, 많은 신감을 내게 준 채플의 첨탑, 내가 나를 알게 한 신위의 선생님들, 나를 낳은 웨슬리언 대학을 떠나려 할 때 얻은 것은 많아도 공헌한 것 없는 나는 감은을 느꼈다. 나로 하여금 제2 고향을 떠나는 정을 끌게 하였다.

때는 정히 1918년 5월 15일이었다. 기억이 깊은 델라웨어시의 펜실베이니아 정차장에서 떠나서 일리노이주 에번스턴Evanston 으로 향하였다. 에번스턴으로 향하는 목적은 무어라고 확정치는 못하였다. 돈벌이를 목적함은 물론 아니었다. 만일 돈을 벌 작정이 있으면 시카고시가 그곳이다. 수학을 목적한 듯하나 그도 분명하게 내정치 아니하였다. 정말 수학을 목적하였다면 한 걸음이라도 더욱 동방을 향했을 것이다. 한양을 목적한 듯하다. 그러나 한양만 자도 할 행운아는 아직까지 자인치 못하였다. 어쨌든 쉬기도 하면서 앞에 할 일을 잠잠히 생각하기를 목적한 것이 자연 분명하게 되었다.

에번스턴시는 북미합중국에 유수한 대도회 시카고시와 상접한 부호들의 주택촌이요, 미시간 대호남반에 둘러앉은 낙원인 것만치 교육계에 있어서는 서북대학의 문 위로 유명하고 종교계에 있어서는 개럿 성경학원의 신위로 저명하다. 나는 일찍 개럿 성경학원장 S 씨와 그 학원 교수 H 씨에게 소개된 일이 있어 개럿을 향할 때에 아무 생소한 감이 없었다. 그 학교에 입학하기로 생각하지 아니했으나 다만 하기 간 휴양하겠다는 명의 하에서 미려한 개럿 기숙사에 머무르게 되었다.

미시간의 호는 망망 무제 하며 피안의 그림자도 보이지 아니하나 오고가는 오락 선은 거울 같은 호상에 그림같이 떠돌아든다. 서천이 붉어지고 동천이 훤해질 때 -귀가정의 신사와 숙녀들께서는 보조를 맞추어 단장을 들들 끌면서 호반에 소요할 때- 나는 호반 일우 삼림 속에 놓여있는 벤치 위에 앉아 슬슬 불어오는 맑은 바람을 환영하면서 신 분투 무대에 주인공으로 출연할 각본 내용만 머릿속에 그리고 꿈꾼다. 달 아래 미시간호인지, 거울 속에 달인지, 의심할 만큼 호수는 잔잔하나 내 마음속에 일어나는 격랑역파는 흉용하여 만경을 이루었으며 세풍이 불어 보려는지 나뭇잎은 우술구술, 억수장마가 지려는지 개구리 소리는 여기저기 개골개골, 무슨 좋은 소식을 전하는 듯 무슨 길흉을 말하는 듯, 희망심에 취하여서, 안개에 묻혀 양수로 벤치를 그러안고 머리를 푹 숙이고 스스로 슬퍼도 하고 기뻐도 한다.

C 대학에 보낸 장학금 청원서는 어찌 되었나. 아마 실패겠지. 3, 4년 학과의 성적이 제아무리 양호하다 한들 1, 2년급의 학적이 그렇듯이 볼 것 없는 나의 자격으로 합격을 바라는 내가 참말 어리석은 아다. 그러나 그래도 무슨 소식이 없을라고. 설마! 그런데 J 부인께서는 어찌 생각하나! 내가 그만 이 학원 구석에서 이 지방 어느 모퉁이에서 녹아버리고 만다. 그러나 무슨 종류의 의견을 말씀해 주시겠지. 설마 아무 말씀도 없을라고. 「헬로! 왓 아유 두잉 히어!」 등을 탁 치는 음성에 활딱 겠다. 「잠을 자던가, 꿈을 꾸던가!」 「잠도 아니요 꿈도 아니라면 아닐세! 그래 우편부가 왔었든가?」 「벌써 왔었네! 노 군은 편지들을 받지 아니하였는가?」 「편지들― 들이라니! 몇 장이나 왔다는 말인가?」 「그래 그 편지들을 한 개도 보지 못하고 잠만

자고 있었나? 우편부의 어깨가 무너지게 짊어지고 왔데! 군은 날마다 무슨 편지를 그렇게도 많이 받나!」「그래 자네는 어떤가! 내가 할 말을 자네가 하네!」「잔소리 말고 가서 편지나 보게! 이것 보게 노 군! 이번 주일 우리 교회에 와서 설교해 주지 않으려나. 이번은 꼭 가야 하네! 홈 메이드 파이- 참 좋다네! 뉴욕 부호들인들 언제 그런 맛을 본다던가?」「파이 팟- 파이는 밤낮 파이로만 놀자나! 설교해 달라면서 파이 이야기는 씨도 들지 아닌 말을 자꾸 하네그려!」「아하! 파이 맛도 보지 못하면 무슨 재미에 촌 교회 목사 노릇 하겠나! 자네 그 재미 모르나, 앵두 때는 앵두 파이 딸기 때는 딸기 파이 복숭아 때는 복숭아 파이 철 따라 먹고 싶은 것 다 먹게 되네. 내 얼굴 보게 시카고시에 연봉 10,000불 받는 1등 목사가 연봉 1,000불 받는 촌 목사인 나만 하겠나」「여- 잔말 말게 목사치고 자네같이 배가 앞 남산만 한 목사는 죽으면 도수장 지옥으로 간다네. 먹는 타령 좀 그만두게. 남 위해서 눈물 흘리고 사회를 위하여 피 끓는 심간을 가지지 못할 각오면 목사님 칭호는 그만 내놓게! 지옥 첫 자리가 싫거든! 내가 가서 설교하더라도 다른 말 아닐세 그 말 자네가 하는 이 말이 그 말일세!」「여! 자네가 참말 부흥회 목사나 된 것 같을세 그려?」「뻘네, 선데이의 제자나 된 듯 할세 그려!」「알기는 알았네 마는 조금 잘못 알았네. 평신도 부흥목사라는 것보다 목사님 부흥회 목사시라고 좀 하게」「가서 편지나 보게. 떠들지 말고 그러나 오는 주일은 꼭 가야 하네. 어떤 교우가 마차를 가지고 우리 두 사람을 맞으러 온다고 하데」「주일날 일은 염려할 문제는 아닌 것이 아닌가! 정말인가! 내게 온 편지가 있다고?」「믿기 싫거든 가보라니까! 믿지 않는 것도 죄라네」

나는 슬먹슬먹 기숙사를 향한다. 생각을 한다. 누구에게서 어떤 편지가, C 대학에서, J 부인에게서, 누구에게서 어떤 편지가 왔나! 아! 참말 왔구나! C 대학에서, J 부인에게서! 가슴이 울렁울렁하며 의아의 염려도 격렬하여진다. 피봉을 떼이면서 방으로 들어가서 마치 잡기 군이 8자 팻장에 R자 죄듯이 죈다. 대학에서 뭐라고 해! 아하! 성공이로구나! 가슴이 시원한 것만치 C 대학에서 요구하는 책임도 중한 것을 감하였다. J 부인께서는 뭐라고 하시나. 되거나 말거나 그다지 걱정은 할 것 없으나 욕망이란 것은 무제한인 것이 자연이라 바라는 마음으로 개봉을 한다. 아하! 금상첨수로구나! 이에 비로소 북미에 있어서 최종의 분투 무대가 열리게 되었다.

에번스턴을 떠나기 전에 지면의 일폭을 빌어 일언을 첨하기 주

저치 못할 기사가 있다. 에번스턴시는 시카고시와 연접한 주택촌이라 알려졌다. 시카고시는 북미 중앙에 존재하는 저명한 상업, 공업 중심지다. 각처에서 공부하는 우리 학생들이 하기간 학자 준비를 목적하고 그 시에 운집하였다. 우리는 멀리 고국을 떠나 물 다르고 산 설은 땅에 와서 같이 영광을 희망하고 같은 분투를 하였을 때 역시 같은 느낌을 가졌도다. 서로 위안하고 서로 권장하기 위하여 미시간호반에 환영회를 개하였다. 우리 학생 환영회의 순서를 말하는 것보다 우리가 얼마나 유쾌하게 논 것을 말하고 싶다. 약 30명의 청년 동포들이 서로 모여 앉으니 환락의 기분보다도 비애의 감정이 격발하여서 말을 하여도 서로 위안하고 서로 권장하는 말이었고 노래를 하여도 고국을 생각하는 망향의 설움이었다. 시대의 역운에 처한 우리들의 욕구는 사막에서 오아시스를 찾으려 함과 침침한 다음날에 밝은 빛을 보려는 것 같은 노력이었다. 그런 공기의 와중에서 각각 자기의 설움을 형제의 비애를 격할가 염려하여 스스로 억제하여 서로 용기를 끌어내며 서로서로 희환의 표정을 가지려고 하였다. 야외운동과 호상선유를 즐긴 후에 미시간 호남반의 금사 위에 모여 앉아 서천에 낙조를 바라보면서 여기저기 흩어져 있는 나뭇개비들을 모아놓고 캠프파이어를 만들어

놓았다. 그 무등 불은 모일 황혼에 때를 얻어 더 화세가 충천하며 미시간 호상을 거쳐 오는 양풍에 젖은 몸들은 뻘건 화염을 가까이하니 벽난로 옆에 둘러앉은 일종의 화목한 가정을 이룬 듯하였다. 그와 같이 쌓였든 고독의 정을 서로 위안하다가 깊은 밤 호반에서 뻘건 무등 불을 모래로 덮으면서 작별의 악수를 교환할 때 서로 건강과 성공을 축복하였다.

시카고시에서 뉴욕시를 향하기 전에 시카고시를 소개하고자 한다. 시카고시는 미국에 제2의 대도회다. 뉴욕시를 부할만한 대 번성의 시로서 항만의 편리는 양호치 못하나 광망 무제한 대평야는 수평으로 길게 누워있고 인구는 실로 300만에 달하였다. 양항을 가지지 못한 시로서 어찌 그와 같이 번성하나 의심하려 하였다. 그러나 그 도회의 위치를 살필 때 그 이유를 발견하였다. 서남부에는 180리 나리는 흡연히 대양과 여한 미시간 대호를 끼고 있는 일시에 미주대륙철도의 중심지가 되어 1년 5억만불 이상에 달하는 곡물, 가축, 재목, 철재 등의 산물이 차처를 중심으로 하여 집산한다.

시는 철도선로의 중심이 되어 동서남북에 산포 연락하였으므로 일주일에 3,000의 기차가 발착한다. 원래 시카고는 세계 제일 매연의 도회로 유명하다. 시가 도처에 흑연이 사무친 공간을 연장한 2,000여 리에 고가철도와 70리에 선하는 지하철도와 1,000리에 급하는 전차가 사방에 산통 하여 팔방에 달한다. 산과 같은 군중을 운거운래하는 각종의 철도를 더하여 태히 그 수를 헤지 못할만한 자동차의 나팔소리는 잡다한 통행인의 기혈을 놀래게 한다.

호반에서 공원에 넓고 아득한 대호를 바라보면서 잭슨공원의 울창한 삼림과 미술관, 박물관을 향하여 보조를 옮긴다. 면적 약 600평이나 되는 광활한 공원은 물고기들이 헤엄치는 고유한 물결과 은설을 뿌리는 듯한 분수 동상과 괴석이며 백화난만 한 가든으로 높고 크게 지어 정성스럽게 꾸며져 있었다. 경쾌한 금의를 몸에 두른 미인들은 정인으로 보이는 청년 협사들의 그림자를 같이하여 쌍쌍이 산보하는 광경은 한 폭의 명화보다도 더한 활경이었다.

대 도축장 누구나 1차 시카고시에 입한 이상에 반드시 방문 시찰을 도외로 시치 못할 곳은 곧 유명한 도축장이다. 저명한 스탁 야드의 대 도축장에는 귀신이냐 인성이냐 의심할만한 기천 명의 장한들이 노동한다.

매일 21만 두의 우, 2만 두의 돈, 그 외 수만의 독우, 양, 산양 등을 도살하는 살기등등한 곳이다. 도살도 기계 응용이다. 다수의 생물을 책 내에 몰아들여 할 수 없이 전진하는 우, 양, 돈 축 등을 큰 쇠몽둥이로 타설하여 책 외에 투출하면 타방에서 인후를 지르고 피를 박하며 수를 절하고 살을 할 하여 기차로 성화적 운송을 하면 일 시간을 지나기 전에 두레박 같은 그릇에 넣어 시장에 운반케 된다. 인간의 작업같이 보이지 아니한다. 우양의 비명을 들을 때 인간의 잔혹을 스스로 저주하는 동시에 육식은 죄악이라는 감까지 격발하였다. 톨스토이의 채식주의가 실로 인류의 대도가 아니냐고 자호하였다.

아아 뉴욕

1918년 8월 10일에 시카고시를 떠나 세계적 대도회지 뉴욕시를 향하였다. 한번 뉴욕시로 가면 다시 서방을 향할 기회가 있을는지 없을는지 의심하여 도중에 하차 역에서 내려서 친구를 방문하였다. 이번 여행에 끓는 감상은 없었다. 터코마 항에서부터 웨슬리언 대학을 향하여 갈 때와 같은 깊은 감상은 없었다. 도중에 친구를 방문할 때에 변변치 못한 나의 성공을 치하하며 흠모하는 말을 들을 때마다 나 스스로가 미안한 감도 없지 아니했으며 자중의 생각도 경하지 아니했다.

아아 뉴욕시! 8월 18일에 중앙 정차장 펜실베이니아 스테이션에 턱 내려서니 사방으로 오르고 내리는 구름다리들을 통하여 흘러내리며 기어 넘는 군중은 시가 대도 위에 사산 왕래함과 흡사하고 책사와 화초전과 기타 각종의 상점들이 청공에서 내리비치는 일광의 그림자조차 화려하게 진열되었다. 아! 나는 「이것이 뉴욕 시가로구나!」 의심하였다. 그러나 빨간 모자 쓴 친구의 안내를 받아 택시를 타려고 할 때 비로소 정차장 급 대합실 밖에 나서게 된 것을 깨닫게 되었다.

저명한 제5 통가를 지나 브로드웨이 대가를 일직선으로 자동차가 몰아 올라간다. 점점 지세는 높아갈수록 공기는 서늘 서늘해진다. 번한 강물이 보인다. 새파란 녹초 언덕이 열린다. 미술관 비슷한 건물 여기저기 우뚝우뚝 보인다. 스타스 앤드 스트라이프 미국 국기가 반공에 펄펄 날린다. 운전수가 정차를 하면서 「하틀리 관입니다」 안내를 한다! 안공에 비치는 것은 왼편에는 해릴튼 씨의 동상이 우뚝 서 있고 바른편에는 하틀리 씨의 기념 각이 서 있다. 나는 하틀리 관에 숙소를 정하고 교육과 과장 먼로 씨를 방문하였다. 박사는 약 50여의 중년의 신사로서 비스마르크식의 풍채가 있는 듯하나 워싱턴식의 은근한 맛을 나로 하여금 감동케 하였다. 박사는 조선 학생이라는 말을 거듭하면서 「학교 당국은 특별한 조건 하에서 군을 학사원에 참렬하게 된 것은 실로 만족하게 생각하는 바라」고 감격이 깊은 태도를 보여 준다.

아아 콜롬비아! 거금 1756년 전에 뉴욕시 허드슨 호반Hudson River에 킹스 칼리지라는 영국풍의 명의로 설립되었던 대학이다. 물론 그 당시에는 영국 즉 조국에서 저명한 옥스퍼드나 케임브리지 대학을 모범으로 하였다. 그러나 독립전쟁 최중에 신대륙의 자유민의 심혼이 깨이고 독립자존의 기혈이 뛸 때 영국식의 킹스 칼리지라는 명칭을 붙여 미국 혼의 상징인 콜롬비아로 개칭한 후 미국 의회로부터 유니버시티의 영예의 칭호를 배수하였다. 대학의 명예는 세계적인 것은 누구나 다 아는 바다. 각 분과를 재분하여 각 방면의 학술을 교수하는 전문부들을 매거할 수 없다. 일언으로 요약하자면 현대 사회에 요구에 응하였던 학술이나 기예를 물론 하고 못 가르칠 것이 없이 다 가르친다는 자신과 명예를 가지고 그것이 사실인 것은 가히 사실로 증명할 수 있다. 세계에 이름을 가진 나라의 국민과 인종학상에 일절의 기록을 가진 인종으로서 1인의 학생이라도 대표치 아닌 국민과 인종이 없다. 그래서 재학생의 수도 명확히 계

할 수 없으나 20여 만으로 약정하겠다. 자본금으로나 학생 수로나 세계의 제1위를 점하였다. 따라서 현대 요구에 응하여 전문가의 교수들과 설비에 있어서 특수한 지위를 점하게 되었다. 1919년 5월에 학사를 받게 되었다. 연하여 정치과에 입학하여 사회학을 전공하노라고 께딩 박사의 문하에서 필연을 들게 되었다. 콜롬비아 학사원 생활의 진경을 그려낼 수 있었으면 좋았겠다.

아아 뉴욕이라고 다시금 부른다. 회고하니 오래전 300여 년 전의 일이었다. 네덜란드의 이민들이 대서양을 도하여 연속 폭주하는 그 당시에는 일종의 소 촌락에 불과하였다. 기후에 영국 이민들이 승세를 얻어 영국의 속영 식민지가 되고 말았다. 그러나 조국의 전제적 가정은 점점 이주민이 자유의 심기를 도발하였다. 수히 조국의 비도악정을 반항하여 간과을 거하여 신대륙의 자유 민국을 건설하였다. 독립 자유를 완성한 이래 120여 년간에 축일 팽창 발전하여 세계적 대도회의 명위를 가지게 되었다. 인구는 실로 500만에 달하였고 도회의 융성한 시설과 세력을 살필 때 미국인의 기적적 발전력 팽창력에 경해를 끽할 수밖에 없다.

뉴욕시는 허드슨 하구 중앙에 위한 소도시다. 약 320여 평방

리의 대면적을 가졌으며 시가는 동남단에서 기하여 12가 통으로 나뉘어 있고 대통로가 횡연한 대시가다. 그중 저명한 자 제5가와 브로드웨이는 일직선으로 연장하여 뉴욕시의 척추통이라 할 만하다. 중앙에는 약 100만 평에 선하는 대공원을 설하여 500여 만의 시민으로 하여금 호연의 기를 양케 하며 아동들의 유희처, 노동자들의 위안소가 되어있다.

여사히 종횡분장한 시가의 지평선 상에는 자동차, 기차 철도, 전차선 등이 거미줄 같이 연장했으며 지하에는 지하철도가 종횡 운전하는데 더하여 공중에는 가설철도와 전차가 성화같이 왕래하고 교통선로에 잡답 하는 열광적 군중은 생존 경쟁의 실경을 그려준다. 특히 경탄의 일언을 더할 기사는 허드슨 톱이라 하겠다. 허드슨강을 격한 뉴저지주의 각처와 교통이 번잡한 뉴욕시는 도저히 기선의 운반만으로는 필요에 응할 수 없다. 벽해와 상전을 임의로 이용하는 현대인의 기술, 개탁과 정복심이 강한 미국인의 선력으로 허드슨 하저를 횡단 관통하는 철도를 부설하여 주제교통의 편리는 물론이거니와 도회 발전에 대 세력을 가해 준다.

아아 뉴욕이라고 또다시 부른다. 뉴욕의 제일 명소라 하면 미술관도 아니오, 대학교도 아니다. 미술관, 대학교가 타에 비하여 열등에 위한다는 것은 결단코 아니다. 그러나 뉴욕으로서 미국으로서 세계를 지배하는 그 세력은 황금이 아닌가? 그래서 나는 뉴욕의 제일 명소는 월스트리트라 하겠다. 실로 월스트리트는 세계를 지배한다 함이 사실이다. 세계금융의 중심지, 시장상장의 공정지로서 주식시장이 개한다. 일확천금을 몽상하랴 혈안이 되어서 광분하는 인중의 잡답은 실로 황금 지옥을 그려 보인다. 20층이 넘는 대건축물은 외연히 구름 아래 용립하여 은행 회사 취인소 등의 간판을 걸고 좌우측 길가에 나립하였다. 그러나 양측의 도로는 심히 협애하여 음침한 기가 웅켜 있고 인산인해의 혼잡은 살기가 등등하다.

공중누각이라 하면 속인의 몽상을 의미하는 데 불과하다는 말에 웃음이 난다. 1차 뉴욕시를 보면 몽상이 아니다. 사실 공중누각은 도처에 용립하였다. 보통 13층이요, 항용 40층 혹은 50층의 대건물이 가득하다. 특히 울워스 빌딩 상업당은 65층의 고각인데 가옥 건축으로서는 세계 제일이란 명성을 가졌다. 탑상에서 뉴욕을 대관하면 망망한 시선 하에 건물들은 높고 낮으며 장교는 계속하고 각 교통 차는 지주같이 아물거리는데 등태산에 소천하라는 감이 있다. 울워스 씨는 십전균일 염물점에 성공하여 대부호의 표방으로 여사한 대건물을 창건하였다. 뉴욕의 위대한 것은 미국인의 과장이지마는 뉴욕의 세계적인 것은 역시 세계 인종의 총화의 노역이라 하겠다. 뉴욕시 전체 시민은 각국 인종이 집합하여 대뉴욕을 건설하였다. 그 영예는 당연히 영국 급 독일인 급 프랑스인 급 아일랜드인계의 정치적 상업적 대활동에 귀할 것인 동시에 러시아인 이탈리아인 급 유대인 등의 노동급 부력의 공도 적지 않다. 그런 고로 뉴욕의 위대한 것은 각국 인의 노력을 총합하여 구성한 것이다. 뉴욕은 세계적이라 함이 그 부력을 의미한다 하면 미국의 세계적 위신은 뉴욕의 교단과 강단의 세력을 의미하였다.

유니온 신학교는 그 설비와 교수들의 문 위로 세계의 제1위를 점하였다. 유니온 신학교는 본시 장로파 교역자 양성기관에 불과하였으나 점점 강단이 세계적이 되는 동시에 각 교파의 유력한 학자들이 합동하여 비교파적 신학교를 대성하였다. 맥기퍼트 박사를 교장으로 대하고 각 신교파의 학자가 협동하여 종교과학급 관계 학술을 전문적으로 교수하며 자유 신앙과 학술의 철저로 그 주점을 삼는다. 코 박사 같은 교수는 천국이라는 것보다 하느님의 데모크라시라는 것이 시대의 적당한 명사라

하여 그 데모크라시의 사회 실현을 목적하여 종교나 교육을 철학적으로 해석하여 월드 교수 가트니는 그 데모크라시의 사회의 실현을 위하여 노동문제와 사회윤리를 해석하야 사회화적 종교를 주창하며 포즈딕 박사는 그 데모크라시를 위하여 교단 리법을 해석하며 재래의 선교 방법과 목적의 오류를 통론하야 민본적 자치적 교회설립을 주장한다. 기독은 최후의 선지자 즉 만민의 구주로서 대동세계의 중심의 정신으로 함은 현대인의 희망과 만족에 응할 유일의 진체라 하겠다.

채퍼슨 박사는 브로드웨이 교당에 교단을 점하고 세계적 평화의 복음을 씨의 박학과 우월한 신앙으로 해석 선전한다. 씨의 교회는 교리적 전통과 의식에서 독립하여 만민의 동귀일체의 사회적 종교를 숭엄 고결한 영취신동의 설교를 매주 3차식 포전한다.

감장 양파의 만국선교총본부는 뉴욕시에 치하였다. 각 분과의 사무 처리와 그 설비는 현대의 과학과 기술을 이용하여 민속하게 운행함은 실로 끽경할 현상이었다. 총 간사 이하 각 부원급 수백 명의 고인이 오전 8시부터 오후 4시까지 1분이라도 휴게함이 없이 사무에 집중 노력한다. 그들이 참말 '하느님의 데모크라시'를 위하여 열혈 노동자들이라고 하겠다.

인상의 뉴욕

자유의 미인상 리버티liberty와 프리덤freedom을 구가하는 양끼의 합중국은 서방에는 동을 향하여 황금 문을 열었고 동방에는 서를 향하여 자유의 상징인 미인이 큰 횃불을 들고 있다. 동양을 향하여 황금 문을 열었으니 빈한한 동양을, 아니 금 없는 조선을 위해서 로키산맥의 금괴를 채굴하여 거대한 선박에 가득가득 실어서 수출하는 황금 문이란 말인가? 북운산 석금을 우덕우덕 깨물어 녹여 쌓은 금괴를 훔쳐 실은 상선과 군함이 밀물과 같이 무럭무럭 떠들어온다는 황금 문인가? 그 해석이 선의에 있든지 정의에 있든지 전자에 있던지 후자에 있던지 양끼국에 대하여서는 이해의 관계가 별무하다. 나는 그의 정당한 해석을 구한 지가 벌써 3번의 여추가 되었다. 그러나 자유 동상 미인께 키스를 들일 때 나의 심장에서는 감정이 뛰고 나의 두뇌에서는 이성이 깨었다.

아하! 황금 문! 황금을 주든지 황금을 취하든지 그 덕이나 그 세력이 자유 여신의 은혜로구나! 개인에 있어서도 자유에 깨고 자유에 살면 주는 덕을 베풀 수도 있고 취하는 세력을 가질 수도 있거든 하물며 일대 기능단체로서야, 그 자유의 여신으로 정치와 종교의 정신의 상징을 삼은 미국의 위대함을 존경하는 것보다 그 정신의 상징인 자유의 미인을 사랑하고 싶고 존경하는 감정이 뛰었다.

내 가슴에 애정이 뛰게 하고 나의 뇌수에 이성을 깨게 한 미인의 역사는 어떠한가! 대서양의 망망 무제한 물나라를 건너오는 대륙인이나 영인들이 뉴욕항에 들어올 때 모자를 탈하고 미인께 경애의 키스를 들이지 않은 자 없을 테며 미국의 건국 정신은 리버티 자유에 있는 것을 통절히 감치 아니할 자 없겠다. 미인 동상은 북미합중국이 독립을 선언한 후 100년 기념에 당하여 프랑스 정부가 기증한 것이라 한다. 오귀스트Frederic-Auguste Bartholdi 씨가 설계하여 리버티도 즉 독립전쟁에 대첩을 득한 대지에 건설했다. 동상의 고는 151척이나 되고 중량은 225t이나 된다고 하며 1886년에 낙성하여 성대한 건립식을 거했다 한다. 대좌로부터 동상의 내측에 승강하는 계단을 통하여 정상에 등 하여 미인의 안공으로 묘망한 태평양을 바라보며 타방에는 뉴욕 대도시 급 부근을 한눈에 바라보니 천하를 눈앞에 두는 쾌를 감한다. 모색이 점점 농후해갈 때 미인의 우수에 높이든 거화가 만사의 광을 발하는 휘황한 광경은 실로 일우로서도 일종의 시인이 되는 듯한 신감에 느끼지 아닐 수 없었다.

[허드슨강의 야경]

하틀리 관의 전기등은 500으로 반짝거리는데 그 등불 앞에서 호도씨 속을 탐검하는 아들은 어떤 감흥을 가졌으며 어떤 장래를 꿈꾸고 있다. 학사원 출신으로 무슨 학술을 전공한다 하면 반드시 거기 따른 무슨 꿈이 있을 테라. 국회의원 일가, 도 총독 일가, 외국공사 일가, 국무경 일가, 대통령 일가 낙가정 일가, 대문호 일가, 황금왕 일가! 무슨 특수한 꿈에 단맛을 즐기는가! 아 나는 이것저것을 몽상할 기회나 권리를 잃어버린 듯한 비운의 아이인가. 단꿈의 깨칠 때에 황막하고도 험한 장래는 더욱더욱 치가 떨리게 감격 된다. 코가 시리고 가슴이 쓰리구나. 휘황한 등불은 고독의 정을 도발시키며 상우에 놓인 웃든 꽃도 나로 더불어 눈물을 머금은 듯하다. 얇은 외투를 등에 들어 걸고 빛조차 슬퍼 보이는 회색의 중절모를 꽉 눌러 쓰고 케인 단장을 팔에 걸고 문을 열면서 뒤를 돌이켜 방을 돌아보니 심중에 이상한 편운이 떠돌아 오른다. 길게 누운 침대, 내가 다시 군의 품속에서 단꿈으로나 피눈물로 잠꼬대할는지. 마루 위에서 웃는 꽃아! 내가 돌아와서 군의 뜨거운 키스를 받아볼는지.

[리버사이드]

드라이브(대학 정원 옆을 지나가는 대통로로 허드슨 강반의 공원 옆을 끼고 가는 산보처)로 휘적휘적 나간다. 콜롬비아 콜로네이드colonnade에 도달하여 최후 겸 작별 겸 록글로몬드(소란의 연인이 소란의 명소 록글로몬드 호반에서 애인을 영별하면서 영한 시)를 암송 독창했다. 허드슨강 상류에는 오락 선들의 찬란한 전등 장식이 용용한 강 위를 둘러 비추면서 오르기도 하고 내리기도 하여 일종의 별세계를 이루었다. 벤치에 의하여 그 활경을 망하 할 때 군악이 멀리 울려오는 세풍에 놀라서 눈을 거듭 떠서 달을 바라보니 몇만의 전등으로 장식하여 천공의 별들인지 지상의 야광주인지 찬란하게 휘황 하는 세계 펠리세이즈Palisades 오락공원이었다. 대주주 황금 왕은 자동차 야유와 하상선유로 환락의 세상을 자처하는데 아침부터 저녁까지 비지땀과 먼지 속에서 뼈를 갈고 피를 말리든 대중은 하루의 고통을 잊으려고 종일의 고통을 위안하려고 공중을 위하여 영업적으로 시설한 오락공원이었다. 무산의 대중을 위안한다는 사회봉사란 표방 하에서 황금 왕이 되려는 오락공원의 주식회사의 심리를 엿볼 때 가증하기가 짝이 없다! 공기가 치밀하여질수록 군락 장단은 점점 가까이 들린다. 옷깃을 올려서 목을 싸며 귀도 가리면서 건너편 절벽에 둘러붙은 소촌에 반짝반짝 잠들어 가는 등불들은 용용한 허드슨강 상류에 반사하여 상하하는 오락 선들의 배경을 그린다. 아하! 저 등불 아래서 무슨 꿈들을 꾸나, 무슨 즐거움을 이야기 하나, 무슨 비애를 말하나, 무슨 병에 괴로워하나 무슨 성공을 기뻐하나, 무슨 투기를 음모하나! 거기서 되고, 낳고, 자라고, 일하고, 웃고, 울고, 죽는 인간들인가! 떠들던 오락 선들은 하나둘씩 흔적을 감추고 오락공원의 등불들은 깜박깜박 꺼져간다. 허드슨강 위에서 선유하던 황금객의 즐거움도 끝이 있고 팰리세이즈 공원에서 열광적 오락을 자만하든 대중의 웃음도 끝이 있고 에지워터 소촌의 우맹들의 비애도 끝이 있다. 그쳤지만 남아있는 것은 그것들의 활경의 사실뿐이다. 그 활경의 사실은 영구히 사실로 살아있다. 천박한 웃음, 비리의 오락, 부정의 성공, 아! 천박한 현실에서 웃고, 현실에서 울고! 아! 천박하고 또한 비루하다. 고통과 비애. 현실을 초월하여 정신에서 흘리는 눈물은 진주보다 황금보다 고귀하고 영원하다. 쓸쓸한 찬바람은 몸을 어루만져 흔든다. 눈을 뜨니 사위는 고요하고 홀로 정자에 있구나.

워싱턴 순례

워싱턴은 북미합중국의 수부인데 미국인으로서 영원히 잊지 못할 은인 국조 워싱턴 씨의 이름으로 명명했다. 역대의 대통령은 백궁에 진하고 정무를 총람 하는 곳이다. 또한 상하 양원의 소재지요, 각국 대리들의 주차한 곳이다. 뉴욕시와 여한 상업지에 반하여 순전한 정치의 도부다. 시의 전경은 미려하여 시인의 기분을 가지게 하며 미술가의 천재를 도발하는 도다. 주민들도 역시 신사와 숙녀의 자태를 가진 사교의 기분이 현저하다.

[국회의사당]

데모크라시 정강 하에 각주 선발의원들이 국사를 종횡 의론하며 국법과 정책을 정하는 미국 국회당 대원탑은 높이가 288척에 근하야 천하의 대관이다. 원탑 하의 대광간은 직경 90척이요, 높이가 180척이라 한다. 4 벽에는 장중한 역사적 회화로써 장식하였고 기타 초상 급 석상실에는 역대의 위인들이 살아있는 것 같이 나립해있다. 국회의사당으로서는 누구든지 세계의 제일이라는 찬사를 정치 아닐 수 없다.

[국회도서관]

국회의사당에 인하여 국회도서관을 시설해 있다. 르네상스식의 장려하고 또 굉장히 큰 건축물인데 길이가 170척이요, 광이 340척이나 되는 최고로 크고 최고로 아름다운 도서관이라 한다. 내부에 미려한 설비 위에 장엄을 더한 명인 문사들의 초상을 일견할 때 관람자로 하여금 의식 없이 옷깃을 바로 하게 한다. 관내에 장한 4, 5만의 서적들과 각국의 저명한 월간 잡지들을 열람할 때 누구나 인간의 고금과 세계의 현상을 일별할 수 있겠다.

[알링턴 묘지]

워싱턴 컬럼비아 특별구District of Columbia와 접한 버지니아주에 있다. 거리는 약 6마일이나 되는데 전차를 타고 워싱턴시를 떠나 교외를 향하여 약 20분 동안 가면 버지니아주에 도달한다. 경계선을 지나서는 백인 차와 흑인 차를 구별한 전차를 승하게 된다. 이제 그 현상을 설명하기 위하여 먼저 합중국의 정치 조직을 약언코자 한다. 합중국이라 함은 독립 자치하는 48주가 연합하여 중앙정부를 대한 국가라는 의미다. 그래서 각주는 그 형편과 민정을 따라 법률이 다르다. 즉 버지니아주는 남방에 처하여 동북이나 서북 각주와 그 사정이 다르고 습관과 유전이 다르다. 링컨 씨가 노예해방에 성공하였지만 아직까지 흑인들에 대한 남방인의 태도는 여전하여 백흑 차별 사상이 강렬해 범백 사회기관에는 사교상과 정치상 차별을 준화 한 것이다. 워싱턴시에서 백인과 흑인이 그 수를 상호 하여 전차에나 기차에 동등하게 대우함을 봤지마는 약 20분간만 남을 향하여 가면 그와 같은 비인도적 현상을 목도하게 된다.

그러한 슬픈 현상을 보면서 약 1리의 길을 가면 점점 지세는 높아지는데 거기서 워싱턴 전시는 눈앞에 들어온다. 한편에 건너보면 멀리 백색의 고탑추의 첨이 청공을 마하는 위관을 상탄한다. 차 고탑은 프랑스 파리의 에펠탑과 함께 세계의 2대 고탑 중에 일등이라 하는 워싱턴시의 기념탑이다. 울창한 삼림을 지나고 미려한 녹원을 건너가서 우뚝 서 있는 석문으로 들어가니 거기가 알링턴 묘지라 한다. 미국 건국 이래 독립전쟁, 남북전쟁, 북청사변, 미독전쟁 등을 경례하는 간에 죽음을 홍모에 비하여 조국의 영예와 행복을 위하여 전사한 용사들의 분묘지다. 숭엄한 대리석에 조각한 장교들의 묘표로부터 종횡 병립한 병졸들의 석표에 지하기까지 그 배치의 장려함은 실로 참예자로 하여금 무한의 감개와 애국의 지성이 생겨나게 한다. 묘지 중앙에는 백색 대리석으로 건한 집회장이 있다. 거기서 매년 대통령의 강연과 위혼제를 거한다.

[워싱턴 씨의 구택과 묘지]
알링턴에서 호국 용사들의 묘소를 참예하고서 건국의 성인 워싱턴 씨의 오래된 주택과 분묘를 순열하였다. 워싱턴 씨의 구택은 버지니아주 마운트 버넌Mt Vermon에 보존해 있는데 그가 천하의 대업을 수립한 후 거기서 만년의 시일을 송하다가 드디어 거기서 별세하였고 또한 거기서 영원히 쉬는 도다. 그런데 씨의 구택은 고풍의 목조옥인데 포토악 하안에 건하여서 조망의 절경은 수색이오, 옥같이 곱고 구슬같이 아름답다. 가옥의 제1계 서단 1옥에서 영면했다 한다. 주택과 하류 간 경사지에 질박한 적연와로 건한 아치arch 속에 자유와 독립과 박애에서 산 천고의 영걸이요, 세계의 위인이요, 인간성을 가진 선인이요, 건국의 성인 워싱턴 씨의 부처가 석관중에 영장되어 묵연히 누어서 영혼은 자유와 독립의 정신의 기극을 수호한다.

[미국 대통령의 관사]
역사 기분에 취하여 시가에 돌아와서 저명한 백궁을 방문하

려 하였다. 백궁은 미국 역대 대통령의 관사로써 세계가 공지하는 바다. 차 건물은 원래 백색의 건물인 고로 백궁 혹 백악관이라 칭한다. 그 이름만 들을 때 당당한 대궁전으로 상상되지만 실상은 심히 조잡하고 질박한 건물이다. 그러나 주위에 미려한 정원은 1국 대통령의 관사로써 그러할 만하게 인정된다. 유감이었다. 내가 궁을 찾았을 때는 세계 대전쟁의 최중이었든 고로 백궁 관람을 절대 거절인 때문에 백궁의 내용은 구경할 수 없었다.

[나의 워싱턴 홈]

워싱턴을 떠나기 전에 지면의 한 폭을 빌어 나의 워싱턴 홈에 대한 기사로써 미국인 가정의 일렬에 공고히 하고자 한다. 나는 일직이 워싱턴에 친구를 두었었다. 홈이 되었다. 전후 5차나 방문하고 한양한 일이 있다. J 씨의 가정에 대하여 말하기 전에 J 씨 부부의 약력을 말하여 가정 기사에 배경을 삼고자 한다. J 씨는 일찍 스카대학을 졸업하고 20년간은 오하이오주 워런 Warren시 관립중학교 교장으로 교육에 전무하였고 J 부인은 뉴욕주 코넬 대학을 졸업한 후 독불 외국어와 희랍 고어와 영문학 교수로 10년간을 근무하였다. 그리고 J 씨 부부는 일찍 독일과 프랑스에서 유학하고 벨기에와 이탈리아와 영국에서 다년간 연구한 일이 있었다. 기독교 신자로서 외국 선교와 세계문화에 거대한 취미를 가졌으므로 베이징대학에 교수의 연봉을 담당하고 인도에 선교사를 파송하여 과거 15년간을 중국과 인도 문명에 공헌함과 연구하여오는 취미는 실로 심오하고 절실하다. 1914년에 워싱턴시로 이주하여 J 씨는 대장성 회계국에 근무하고 J 부인은 국회도서관에 독일, 프랑스, 이태리, 스위스 4국 도서부 부장으로 근무한다. 재산가라든지 부호라고는 못하는 일반 학자로서 50여 세다. 씨의 부부는 매일 오전 6시에 일어나 주택 청소를 손수 하고 조반을 간단히 먹을 후에 독경하고 기도한 후에 조간신문을 한가히 열람하고서는 8시 반경에 각각 사무에 출근한다. 종일 집무에 고뇌하다가 오후 4시경에 환도할 시에 저자에서 수용할 식료품을 사가지고 돌아와서는 의복을 갈아입고 약 1시간 휴게 후에 디너를 예비하여 석찬을 향응한다. 오후 7시경에는 한가히 사랑에서 축음기 혹은 피아노로 소적하고 독서로 담묵하기도 하다가 9시 반이 되면 독경 기도를 지낸 후에 취침한다. 매 주 한 번 극장에 가고 오락을 구하며 매 토요일에는 반드시 초대를 받거나 친우를 초대하여 디너를 향응한다. 매 주일 아침에는 주일학교 교감으로 출근하고 주일 오후에는 방문과 응접을 하며 한 달에 한 번은 반드시 빈민촌에 부부가 함께 봉사를 한다. J 씨는 베이스 음의 성악과 J 부인은 알토 음의 성악의 소양이 풍부하여 매년 춘추동 3기의 대음악회에 1주간을 호하는 순서로 출연하는 것이 상례라 한다. 그와 같이 각방에 원만하게 행락과 봉사를 겸영하여 1일 같이 행복하고 만족한 생활을 하여간다. 세탁은 흑인에게 의뢰하여 매 화요일에는 세탁하게 하고 매 목요일에는 다림질을 하게 하고 그 외에는 전부 가사를 부부가 손수 한다. 만일 파리 한 마리가 방안에 날아가면 부부가 크게 놀라는 광경은 나로 하여금 개미허리가 될 만큼 웃게 하였다. 그러고 보니 사람은 교육 즉 수양이 깊을수록 생활을 미화할 수 있는데 제1은 분주하게 봉사적 노동에 근무할 것이요, 제2에는 생활을 단순화할 것이요, 제3은 예술미에 살아야 할 것이요, 제4에는 세계동포주의의 종교 생활을 철저히 하여야 할 것이요, 제5에는 인간의 상중하 각 계급의 요구에 응할 수 있는 봉사를 해야 할 것이다. 이는 그들의 가정생활에 실현된 바이요, 미국인의 표준적인 가정생활의 일례라 하겠다.

[원문 자료]

〈세계 일주 기행, 허헌〉
삼천리 제1호, 1929-06-12, 世界一週紀行(第一信), 太平洋의 怒濤 차고 黃金의 나라 美國으로! 布哇에 잠감 들러 兄弟부터 보고
삼천리 제2호, 1929-09-01, 世界一週紀行(第二信), 곳의「바리웃드」를 보고, 다시 太西洋 건너 愛蘭으로!
삼천리 제3호, 1929-11-13, 世界一週紀行(第三信), 復活하는 愛蘭과 英吉利의 姿態
별건곤 제7호, 1927-07-01, 東西 十二諸國을 보고와서

〈독일 가는 길에, 박승철〉
개벽 제21호, 1922-03-01, 獨逸가는 길에(1)
개벽 제22호, 1922-04-01, 獨逸가는 길에(2)
개벽 제23호, 1922-05-01, 獨逸가는 길에(3)
개벽 제24호, 1922-06-01, 巴里와 伯林
개벽 제26호, 1922-08-01, 獨逸地方의 二週間
개벽 제56호, 1925-02-01, 倫敦求景

〈명문의 향미, 이광수〉
삼천리 제6호, 1930-05-01, 名文의 香味, 上海에서
삼천리 제7호, 1930-07-01, 人生의 香氣

〈내가 본 일본의 서울, 성관호〉
개벽 제12호, 1921-06-01, 나의 본 日本 서울

〈동경, 이상〉
문장(文章), 1939.5, 동경

〈세계 일주 산 넘고 물 건너, 노정일〉
개벽 제19호, 1922-01-10, 世界一周 山 넘고 물 건너
개벽 제20호, 1922-02-08, 世界一周 山 넘고 물 건너(2)
개벽 제21호, 1922-03-01, 世界一周 山 넘고 물 건너(3)
개벽 제22호, 1922-04-01, 世界一周 山 넘고 물 건너(4)
개벽 제23호, 1922-05-01, 世界一周 山 넘고 물 건너(5)
개벽 제24호, 1922-06-01, 世界一周 山 넘고 물 건너(6)
개벽 제25호, 1922-07-10, 世界一週-山 넘고 물 건너(7)
개벽 제26호, 1922-08-01, 「自由의 美人, 建國의 聖人」, 世界一週 「山 넘고 물 건너」의 其八

[원문 출처]
공유마당, 한국사데이터베이스

[그림 출처]
한국데이터산업진흥원, 온라인시카고미술관

이상의 도쿄행
조선 지식인들의 세계 유람기

초판1쇄 인쇄 2019년 10월 18일
초판1쇄 발행 2019년 10월 25일

지은이 허헌, 박승철, 이광수, 성관호, 이상, 노정일
엮은이 구선아
펴낸이 최병윤
펴낸곳 알비
출판등록 2013년 7월 24일 제315-2013-000042호
주소 서울시 서대문구 증가로30길 29-2, 1층
전화 02-334-4045
팩스 02-334-4046

종이 일문지업
인쇄 수이북스

ⓒ구선아
ISBN 979-11-86173-71-8 03810
가격 13,800원

이 도서의 국립중앙도서관 출판예정도서목록(CIP)은 서지정보유
통지원시스템 홈페이지(http://seoji.nl.go.kr)와 국가자료종합목
록 구축시스템(http://kolis-net.nl.go.kr)에서 이용하실 수 있습니
다. (CIP제어번호 : CIP2019040406)